RAINER MARIA RILKE
时祷书

〔奥〕里尔克 著

林 克 译

人民文学出版社

图书在版编目（CIP）数据

时祷书 /（奥）里尔克著；林克译 . —— 北京：
人民文学出版社，2024
（巴别塔诗典）
ISBN 978-7-02-018589-4

Ⅰ . ①时⋯ Ⅱ . ①里⋯ ②林⋯ Ⅲ . ①诗集 – 奥地利 – 现代 Ⅳ . ① I521.25

中国国家版本馆 CIP 数据核字 (2024) 第 066509 号

责任编辑　朱卫净　何炜宏
装帧设计　李苗苗

出版发行　人民文学出版社
社　　址　北京市朝内大街 166 号
邮政编码　100705

印　　制　凸版艺彩（东莞）印刷有限公司
经　　销　全国新华书店等

字　　数　80 千字
开　　本　889 毫米 ×1194 毫米　1/32
印　　张　5.375
插　　页　5
版　　次　2024 年 5 月北京第 1 版
印　　次　2024 年 5 月第 1 次印刷
书　　号　978-7-02-018589-4
定　　价　65.00 元

如有印装质量问题，请与本社图书销售中心调换。电话：01065233595

目录

《时祷书》简介 _1

卷一　修士的生活 _1

卷二　朝圣 _71

卷三　贫穷与死亡 _123

译后记 _159

《时祷书》简介
奥古斯特·施塔尔[①]

《时祷书》包含三卷：《修士的生活》《朝圣》《贫穷与死亡》。

作品的产生：卷一，1899年9月20日至10月14日；卷二，1901年9月18日至9月25日；卷三，1903年4月13日至4月20日。诗集出版于1905年12月。付印之前作者从1905年4月24日到5月16日对诗集作了修改。献辞：献给露·安德烈亚斯-莎乐美。《时祷书》是里尔克最著名的抒情诗集之一。许多评论家认为，主要凭借这部作品，里尔克过去和现在都堪称一位内心充满深厚虔诚的诗人。《时祷书》产生于三个相隔遥远但相当短暂的创作时段，就创作强度和效果而言，它们完全可以同1922年2月相媲美，正是那些日子带来了《杜伊诺哀歌》的完成和《致俄耳甫斯十四行诗》的诞生。三个部分的传记背景各不相同：第一部分写于第一次俄罗斯旅行之后，

[①] 奥古斯特·施塔尔（1934— ），德国里尔克专家。这篇简介出自《里尔克诗歌作品评注》（慕尼黑温克勒尔出版社，1978），这本书是里尔克研究最重要的工具书之一。本篇简介重点突出，言简意赅，有助于理解这部作品，故置于本书卷首。

当时里尔克依然爱慕露·安德烈亚斯-莎乐美；第二部分写于沃普斯韦德，在他结婚之后，这段时间他与露暂时疏远。当里尔克最后写完第三部分时，他的初次巴黎居留也已结束，他病了，几乎精神错乱，于是逃离巴黎。从创作第二部分算起，一年半中他的女儿露特诞生，而他在此期间走出了最终导致几乎才开始的家庭解体的第一步。

因此，《时祷书》在题材上也受到不同的经验、遇合与典范的影响：对意大利文艺复兴艺术的研究（佛罗伦萨日记），两次俄罗斯之行和俄罗斯艺术（圣像绘画），对莎乐美的爱情（佛罗伦萨日记和致莎乐美的书信），下述二者的冲突：既期求一个家庭般的、市民的共同体，又需要一种艺术家的独立生存，而此需要隐藏在将奠基于宗教的孤独加以神化的背后，以及最后那座都市的诸多苦难和恐惧——虽有巴黎的直接经历，但早已通过文学的影响（奥布斯特费尔德、波德莱尔）和思想史及文化批评的影响预先获知。当然，里尔克成功地将那些不同的诱因融合在一起，因此必须极其细心，才能将《时祷书》的俄罗斯修士同佛罗伦萨日记中他那些穿法袍的意大利兄弟区分开来，而且最终不会使二者跟后来耸立于整部作品之上的象征形象——阿西西的圣方济各相混淆。

《时祷书》的形式是由虚构决定的，也就是虚构一个修士，在自己的修道室里他情不自禁地吟诵诗歌作为祷告。祷告毕竟曾经也是总结的概念和指导思想，以此为依仗，里尔克最初创作了优秀的作品。在这本诗集产生期间，只要提到最后结集为《时祷书》的那些文本，里尔克总是称为"祷告"，顺便提一下，在这个时期，祷告也是其他情况下经常采用的一个题目。

本书的三卷像各首诗歌一样是按时间顺序编排的。对于单独的一首诗，这就意味着它跟相邻的诗歌有着紧密的关联，也就是说，阅读时常常必须把它当成一条链子的一环。这种连续性当然不是简单线形的，而是通过变化、加强和对照来保持动态的一种波浪式推进。

在诗歌风格上，《时祷书》在诗句及诗节营造上具有两个显著特点：自由和变动，旋律上则以其十分丰富的音韵游戏博得赞许（头韵、准押韵和押韵）。这些游戏般的装饰特征也在诗集的题材及图像搭配上表现出来。后来修改作品时，里尔克才竭力争取比较清晰的轮廓勾画并使之完整，为了客观的言说而限制组合的自由和语言装饰之癖好。

如果阅读时总觉得有些任性和放纵，那是因为诗集中极其明确地表现出这种矛盾：虽有鲜明的态度，却缺少此态度的必要前提，虽有源于基督教的虔敬，但又否定恰恰这个基督教所独具的内涵。于是只剩下祷告的姿势和一种寻找自己的对象的虔敬。

若要阐释《时祷书》，人们必须恰恰在这项工作上避免片面性。正如《时祷书》的修士既是祷告者，也是艺术家,沉醉于上帝之中的隐士和现代的批判者,这本书当然也可以从许多有步骤的推测来理解:把它当成一个青年用密码书写的爱情表白、一个男人披露的各种规划,以及一个伟大的艺术家的辩白尝试。

卷 一
修士的生活
（1899 年）

这一刻时辰倾斜，触动我
以清晰的金属的敲击：
我的感觉在颤栗。我觉得：我能——
我抓住这可塑的日子。

一切尚未完成，在我直观之前，
每一个形成默默停止。
我的目光已成熟，谁想拥有物，
物便像新娘委身于谁。

没有什么太小，总之我爱物，
把它画入金色的背景，
宏大，难以割舍，我不知道，
谁人为之销魂……

*

我活在层层生长的轮纹里，
轮纹延伸，超越众物。
我也许完不成最后的圆弧，
可是我情愿尝试。

我环绕上帝和古老的钟楼，
环绕千年之久；
我不知道：我是雄鹰、风暴，
或一首伟大的歌谣。

*

我有许多穿法袍的兄弟在南方，
那里的修道院月桂成行。
我知道，他们要画的圣母像饱含人情，
也常常梦见年轻的画僧，
在他们笔下那位神蹈火赴汤。
但不管我怎样垂入自身之中：
我的神晦暗，如一个弥天大谎

有一百条根,都在默默吮吸。
我只知道,我得让自己躲避
他的温暖,因为我所有的枝条
眠息在下面,只随风轻摇。

*

我们当然不可任意描绘你,
你露出曙光,早晨曾从你升起。
从古老的颜料盘我们挑选
同样的笔触和同样的光彩,
那圣徒曾以此将你隐瞒。

我们在你身前竖立雕像如墙壁;
于是有千堵墙把你围起来。
因为我们虔诚的手遮蔽你,
每当我们的心看见你敞开。

*

我爱我的本性的幽暗时辰,
那时候我的感觉愈加深沉;

它们像旧时的书信,我从中发觉
我日常的生命已经度过,
像遥远的传说已被超越。
我也从中悟到,我还有可能
获取第二种生命,宽广而永恒。

有时候我就像那棵成熟的树,
沙沙作响,在一座坟墓上面
完成**那个梦**,早已逝去的男童
(温暖的树根将他紧紧盘卷)
失落的梦,在忧伤和歌唱中。

*

你,隔壁的上帝,夜里有时候
我使劲敲门打扰你——
因为我几乎听不见你呼吸,
可我知道:你独自在堂屋。
若你需要什么,屋里没有人
给你的摸索递一个水盅:
我一直在倾听。你且弄出点响动。
我离你很近。

只有一堵薄墙在我俩之间,
缘于偶然;因为这也有可能:
你的嘴或我的嘴一声呼唤——
它就会垮掉,
没有一点响声。

它是用你的塑像造成。

你的塑像立在你身前如你的名字。
一旦我心中燃起了光,
我的深心顿时认出你,
那光却挥霍自己如塑像轮廓上的光芒。

而我所有的感觉随即倦怠,
失去了故乡并与你分开。

*

但愿就只一次完全寂静。
但愿偶然的、含糊的事体
和邻居的嬉笑突然沉寂,
但愿我的感觉制造的喧腾

不至于妨碍我的清醒:

到那时我才能以万千思忖
思考你直到你的边缘
并且占有你(一个微笑那么短暂),
好把你当成个感恩来馈赠——
给一切生命。

*

我正好活着,当这个世纪走完。
从一面巨大的书页,已由神
和你我写满,人们感觉到风,
书页高高在陌生的手上翻转。

人们感到新的一页耀眼夺目,
那上面万物还可能形成。

沉寂的势力检验他们的广度
并交换阴郁的眼神。

*

我猜出它来,凭你的言语,
凭各种手势的故事,你的双手
曾以这些手势合成圆,
围绕并界定形成,温暖而智慧。
你曾高声说生,低声说死,
一再重复的是:**存在**。
但那谋杀赶在第一个死之前。
于是有一道裂痕
穿透你那成熟的环,
有一声惊叫传来,
卷走了那些声音,
它们刚刚汇齐
只为言说你,
只为承载你,
一切深渊之桥——

从此它们结结巴巴,
只会叫
你古老名字的碎片。

*

苍白的少年亚伯诉说：

我不在了。哥哥整得我很惨，
我的眼睛没看见。
他把光给我遮蔽了。
他拿他的目光排斥了
我的目光。
他现在很孤独。
他一定还活着，我猜想。
因为没有谁对他像他对我那样。
所有人从前都走我的路，
如今都面对他的愤怒，
他本来可以同众人一样。

我相信，我的大哥醒着
像一个惩罚。
黑夜已把我牵挂；
没有牵挂他。

*

你，黑暗，我从你发源，
我爱你胜过爱火焰，
火焰划定世界的边限，
放射出光辉，
照亮某一个范围，
出自那里的存在体都不识黑暗。

但是黑暗把一切攫住：
形体和火焰，我和鸟兽，
它甚至贪夺
人类和神魔——

很有可能：一股巨大的力量
就活动在我的身旁。

对黑夜，我信仰。

*

凡是从未说过的，我都相信。

我要释放最虔诚的情感。
至今还无人敢冒的风险,
我将去尝试,情不自禁。

这可是狂妄,请原谅,我的上帝。
但我只想以此向你表示:
我最好的力量应该像一种本能,
就是没有犹豫,没有激愤;
孩子们就是这样爱你。

以这种注入,以这种涌入,
随宽广的支流汇入敞开的海洋,
以这种日益强劲的回归
我要信奉你,我要宣告你,
从前没人这样。

这若是傲慢,就让我为我的祷告
充一回傲慢,
这祷告严肃而孤单
对着你云遮雾罩的额间。

*

我在世界上太孤独却又不够孤独,
不能奉献每个钟头。
我在世界上太渺小却又不够卑贱,
不能在你身前像一个物,
聪慧而昏暗。
我愿陪伴我的意愿,陪我的意愿
行有为之路;
我愿在沉寂的、种种犹豫的时候,
当什么临近时,
置身于知者中间
要么孤独。

我愿始终映现你完整的形象
绝不愿模糊或太旧,
留不住你沉重的摇晃的影像。
我愿放开自己。
我从来不愿屈服,
因为我撒谎,当我屈服的时候。
而我想要我的意识

真实地面对你。我愿描绘自己
如一幅像,我曾在近处
久久观看,
如一句话,我曾经领悟,
如我每天的水罐,
如我母亲的脸,
如一艘船
曾经承载我
穿过最夺命的狂澜。

*

你瞧,我愿意是许多。
也许我一切都愿意:
每次无限沉坠的黑暗
和每次飞升的闪烁颤栗的游戏。

许多人活着却一无所求,
就凭他们清淡的食物
那平常的感觉,他们也封侯。

但是你喜欢每一张

服侍和渴望的脸。

你喜欢所有人,他们使用你
像工具一样。

你还不寒冷,这也不算太晚,
潜入你那些正在形成的深渊,
生命在那里平静地泄露自己。

*

我们用颤抖的双手营造你,
我们把原子堆砌到原子上。
但是谁能完成你,
你,大教堂。
罗马怎样了?
它在崩溃。
世界怎样了?
它正在被摧毁,
在你的塔楼托起穹顶之前,
在你闪光的前额
从几英里马赛克升起之前。

但有时在梦中
我能一眼望尽
你的空间,
深深从开端
直到顶上的金色穹棱。

我看见:我的五种感觉
精雕细镂
最后的装饰物。

＊

有个人曾经想要你,于是
我知道,我们也可以要你。
纵然我们拒斥一切深底:
崇山峻岭若有黄金
而且再也没人想开采,
有一天江河会把它带出来,
激流切入岩石的寂静,
岩石丰富。

即使我们不想要:

上帝在成熟。

*

谁调和自己生命的许多悖谬,
感激地领悟一个意象,
他就把喧嚷者
统统赶出殿堂,
他会**别样地**喜庆,而你是宾客,
他款待你,在温柔的傍晚。

对他的孤独你就是第二者,
对他的独白你是平静的中心;
围绕你勾划的每一个圆
正为他绷紧圆规——由时间做成。

*

为什么我的手挥毫涂鸦?
我**画**你,上帝,你难以觉察。

我在**感觉**你。在我的感觉的边际

你犹豫地开始,像连同许多岛屿,
对你那从不眨动的双眼
我是空间。

你不再处于你的光芒之中,
那里天使舞蹈的所有线条
像音乐一样将你的远方消耗;
如今你住在你最后的房屋里。
你整个的天空朝我的心里偷听,
因为我沉思并向你隐瞒自己。

*

我存在,你忧虑。难道你没有听见
我所有的感觉在你身上激荡?
我的情感,已经插上了翅膀,
围绕你的脸洁白地盘旋。
你没有看见我的灵魂,它怎样
紧紧贴着你,服饰透出静穆?
我青春期的祷告没有成熟,
在你的目光上像在一棵树上?

你若是梦者,我就是你的梦。
你若愿醒着,我是你的意愿,
一切荣耀将归我掌控,
如星辰之静我变得圆满
在诡异的时间之城上空。

*

我的生命不是这了不起的辰光,
你看我此时多么匆促。
我是我的背景前的一棵树,
我只是我那许多嘴中的一张,
而且那一张,它会最先闭上。

我是两个音符之间的停顿,
二者很难彼此适应:
因为死亡之音急欲提升——

但二者颤抖着随即和好
在昏暗的间歇中。
　　　　　　歌曲始终美妙。

假如我是成长在某个地方，
那里辰光轻快，日子较轻松，
我就为你设一个盛大的节日，
我的双手就不会抓住你
像现在这样，僵硬又惊恐。

在那里我就舍得挥霍你，
你的在场无边无际。
我就把你抛入，
像一只皮球，一切喜乐里，
翻滚的喜乐，好让某人接住你，
高举双手
跳起来迎向你的沉坠，
你，物中之物。

我就让你像柄剑
射出闪电。
让金灿灿的铜环
圈住你的火焰，

它准会为我把火保住
经由最洁白的手。

我就画你:不是画到墙上,
要画到天空上,从边缘到边缘,
我就塑造你,像一个巨人那样
塑造你:做成烈火,做成高山,
做成沙漠刮来的萨姆风,日益增强——

或是
这也有可能:有一次
我找到你……
　　　　　我的朋友在远处,
我几乎听不见欢声笑语;
而你呢:你从窝里掉下来,
是一只小鸟,长着黄黄的脚爪,
大大的眼睛,真叫我怜惜。
(你觉得我的手特别巨大。)
我伸出手指蘸了一滴泉水,
仔细听,你可是渴了,可够得着,
我发觉你我的心都在狂跳,
由于恐惧。

*

我在所有这些物中找到你，
我喜欢它们，跟它们亲如兄弟；
你是种子，满足于微小的物，
在巨大的物中你大大奉献自己。

这就是那些势力的神奇游戏，
它们穿透事物并情愿侍奉：
在根部生长，消失在树干里，
在高高的树梢像一次重生。

*

一个年轻兄弟的声音

我流失，我流失如沙，
沙粒流过指缝。
我忽然有这么多感觉，
都渴得难受，却各自不同。
我觉得全身上百个地方

肿胀并疼痛。
但最受不了就在心上。

我想死去。求你别管我。
我相信,我即将解脱,
这般惊恐,
就要崩断了我的脉搏。

*

你瞧,上帝,有个新来的营造你,
昨天他还是个男童;那些妇女
倒是使他的双手合在一起,
十指交叉,这已近乎欺骗。
因为那右手已想脱离左手,
为了抗拒或为了招手
并为了单独连接那铁腕。

昨天那额头还像是溪流之中
一块石头,被白昼打磨成圆形,
而白昼毫无意义除了波涛汹涌,
也绝无渴求除了承载一帧

重霄之像,是偶然将重霄挂到
白昼的上空;
今天额头上有一段世界史
挤在一个无情的法庭前,
并沉入它的判决词。

空间形成,在一副新的容貌上。
这道光之前从来没有光,
前所未有,你的书已开始。

*

我爱你,你呀,最柔和的律法,
在这个上面我们已成熟,
当我们把它苦苦思索;
你,深深的乡愁,我们从未摆脱,
你,森林,我们从未走出,
你,颂歌,我们以每个沉默来吟唱,
你,幽暗的网,
情感逃逸却总被缠住。

你无限伟大地开始了你自己,

在你使我们开始的那一天；
我们已成熟在你的阳光里，
被种得这么深，长得这么茁壮，
于是在人类，天使和圣母身上，
你现在可以歇息并完成自己。

让你的手歇息在天国的山坡上，
默默忍受我们带来的忧烦。

*

我们是工匠：学徒、弟子、师傅，
我们建造你，高高的中殿。
偶尔有使者到来，神态庄严，
像一道光穿透这上百个灵魂，
闪烁并教我们一个新窍门。

我们爬上摇摇晃晃的脚手架，
铁锤沉甸甸，很难举起来，
直到某一刻亲吻我们的前额，
仿佛无所不知并放射光彩，
它来自你那里，像风来自大海。

随后那许多锤声一同响起,
一阵又一阵穿过群山。
天快要黑了,我们才放开你:
你浮现的轮廓有暮霭铺散。

  上帝,你宏大。

    *

你这般宏大,教我无地自容,
只要我置身于你的身旁。
你这般幽暗;我小小的光亮
在你的边缘不起作用。
你的意志运行像一阵巨浪,
每一天都被它埋葬。

只有我的渴望高耸至你的下巴,
立在你面前像最大的天使:
陌生,苍白,尚未得救,
他把他的翅膀伸向你。

他再也不想要无边无岸的飞翔,

惨淡的月亮一个个从身边飘走，
对宇宙他早已了解清楚。
凭他的翅膀像凭借火焰
他想来到你背阴的面孔前，
借翅膀的白光他想瞅一瞅，
你阴沉的眉毛是否将他诅咒。

*

许多天使只在光明中寻找你，
拿他们的额头撞上了恒星，
想要学成你——由每道光构成。
每当我寻思你时，我却发现，
他们随着偏移的视线
离你大氅的褶裥越来越远。

因为你自己只是黄金的客人。
只为迎合一个时代，它曾渴望
你进入它清晰光洁的祈祷，
你才显现了，犹如彗星之王，
为你的前额流光溢彩，你自豪。

那个时代融化了,你返回故乡。

你的嘴无比幽暗,我是从那里吹来。
你的双手像乌檀木一样。

*

这是米开朗琪罗的日子,
我曾在异邦的书中品读。
这是那男人,巨人般伟大,
无以复加,
忘记了何为不可测度。

这是那男人,他一再返回,
当一个时代再次结算
自己的价值,想要结束自己。
那时还有人举起它全部的重担
并抛入自己胸中的深渊。

他前面的人有苦也有乐;
可他就只感觉到生命的重槌,
他应该拥抱万物如一个物;

就上帝远远超出他的意志：
此时他爱他怀着崇高的恨，
因为他遥不可即。

*

上帝这棵树有一枝荫蔽意大利，
它已**开过**花了。
本来它也许
乐意让枝头早早挂满果实，
可正当花期时它累了，
它不会结果了。

只有上帝的春天曾在那里，
只有上帝之子，圣言，
曾完成自己。
所有的势力
都转向那闪闪放光的孩子。
所有人带着礼物
朝他拥去；
所有人像基路伯一样
把他颂扬。

他是玫瑰中的玫瑰,
微微散发芬芳。
他是一个圆
曾环绕失去故乡的人。
穿着各种衣袍,变化万千,
他穿过那时代一切上升的声音。

*

那时候那个被唤醒以便结果的,
那个羞怯的和欣喜受惊的
也被神所爱,那被看望的童贞女。
那正值花期的,那未被发现的,
在她身上有上百条路。

那时候他们让她从年少
就飘荡并漂泊,一路走去;
她服侍的一生,马利亚的一生
变得神奇,像君王一般;
又像节日的阵阵钟声
浩大地穿过千家万户;
往常像所有女孩,她心不在焉,

现在却这般专注于她的怀腹,
对那一位这般魂牵梦绕,
对千万人这般充足,
于是一切似乎将她照耀,
像一个葡萄园她已结果。

*

然而仿佛果实悬饰的重负,
圆柱和拱廊的废墟,
许多歌曲的终曲
使她沉重,
那童贞女已在另一些时辰,
像尚未免除更大的不幸,
转向了,哦,咄咄逼人,
深创剧痛。

此时她的双手无声地松开,
手上空空。
阵痛,她尚未生出最伟大的婴孩。
天使们并未安慰她,
只围在她身边,陌生又可怕。

*

人们这样画过她；尤其有个人，
怀着太阳一般的渴望。
他觉得一切谜使她成熟也更纯净，
但在悲苦中她越来越寻常：
整个的一生他就像一个泪人儿，
总是用双手捂住流泪的面庞。

他是她的痛苦的面纱，美轮美奂，
这面纱紧贴着她悲伤的双唇，
在那上面几乎呈现出微笑——
哪怕七支天使蜡烛的光焰
也无法把它的隐秘射穿。

*

以一根分枝，完全不同于那一根，
上帝，这棵树，有一天也将宣称
夏天来临，成熟了沙沙作响；
在某个国度，那里的人们倾听，

那里人人孤独，像我一样。

因为神只向孤独者现身，
对同一种类的许多孤独者
披露更多，超过狭隘的个人。
因为别样的一位神显现给每个人，
直到他们醒悟，已热泪盈眶，
一位神就像一股波浪
穿过他们针锋相对的观点，
穿过他们的审问和否定，
在上百种存在中各不一样。

这才是那个最终的祷告，
目睹者随即互相念道：
上帝这根柢已结出果实，
快去呀，把大钟全毁掉；
我们会过上寂静的日子，
这样的日子里时辰成熟。
上帝这根柢已结出果实。
好好看，要诚笃。

*

我不能相信,那小小的死亡,
我们每天都望过它头顶,
始终是我们的忧虑和创伤。

我不能相信,它威胁是当真;
我还活着,有时间来营造:
我的血比红玫瑰更久长。

拿我们的畏惧开古怪的玩笑,
它对此好得意,但我的意义
比玩笑更深邃。
我是世界,而它迷路
从这世界掉了下去。

    像它那样
转圈的僧侣到处游荡;
人们害怕他们重返故土,
人们不知道:每次都是同一个,
是两个、十个、千个或更多?
人们只认得这只异样的黄手,

它正伸出来,这么近且赤裸——
这里,这里:
仿佛它出自自己的法衣。

*

你该怎么办,上帝,若我死去?
我是你的水罐(若我破碎?)
我是你的饮水(若我腐臭?)
我是你遮体的衣,谋生的手艺,
失去我你就失去你的意义。

没有我你就没有家,听不见
问候你的话语,亲近又温暖。
丢掉天鹅绒凉鞋,这就是我,
你疲乏的双脚又穿什么?

你的大氅正从你身上滑落。
你的目光——我用我的脸颊,
像一个枕头,温暖地承受它,
一定会投来,久久搜寻我,
并在太阳落山之时

躺进陌生岩石的怀里。

你该怎么办,上帝?我忧虑。

*

你是那咕嘟响着被烟熏黑的,
在每个火炉上你睡得舒坦。
认知只在时间之中。
你是那无意识的,确实幽暗,
从永恒到永恒。

你是那请求的和惴惴不安的,
你使万物的意义更加沉重。
你是歌曲的那个音节,
被那些强音裹胁,
它再次返回,越发颤动。

你一直就这样告诫自己:

因为你不是那被团团围住的,
一层层财富堆积在身边。

你是那简朴的,相当节省,
你是那农夫,胡须掩面,
从永恒到永恒。

*

致年轻的兄弟

你,昨天的男童,已陷入迷狂:
以免你的血盲目挥霍。
你不在乎享乐,你在乎喜乐;
你受的教养是做个新郎,
而你的新娘该当是:你的羞涩。

巨大的情欲对你也有渴求,
所有的胳膊顿时裸露。
虔诚的画像上苍白的面颊,
异样的火焰从上面闪过;
你的性欲酷似一窝蛇,
被音色之红紧紧围住,
随铃鼓的节奏紧张起舞。

突然间你被遗弃,孑孑独立,
只有恨你的双手同你在一起;
若你的意志不施一个奇迹:

. . . .

但这时像穿过上帝阴暗的小街,
谣言穿过你阴暗的血液。

*

致年轻的兄弟

那你就祷告吧,像此人教你的那样,
他自己已经走出了迷狂,
于是他给那些神圣的形象,
全都保持着本性的尊严,
在教堂里,在金灿灿的蓝玻璃上
补画了那位美人,手持一柄剑。

他教你念道:
 　　　　　你呀,我深沉的意义,
你要相信我不会使你失望;
我的血液充满了喧嚣,

但是我知道,我出自渴望。

一种恢宏的肃穆将我笼罩。
在它的阴影里生命清凉。
我初次独自在你的身旁,
你呀,我的情感。
你就像少女一般。

有一个女人曾经是我的邻居,
她向我招手,穿着渐渐枯萎的华服。
你现在却对我谈起遥远的国度。
我的灵力
眺望丘陵的尽头。

*

我有颂歌,我使它们沉默。
有一种直立,以这种姿势
我使我的感官倾垂:
你看我高大而我矮小。
你可以把我跟那些物类
隐约区分开来,它们下跪;

它们像牧群,它们吃草,
原野的山坡上我是牧人,
山坡前面它们走向黄昏。
后来我也跟随着它们,
模糊地听见昏暗的小桥。
在它们背上的一片暮霭里
隐藏着我的返归。

*

上帝,我怎样领会你那个时刻:
你把声音放到你身前,
好让它在空间中变得圆满;
你觉得虚无像一道创伤,
你便用世界来使它清凉。

它悄悄痊愈在我们中间。

因为漫长的过去从病人身上
吸去了许多高温和高烧,
从轻轻摇晃中**我们**感觉到
背景的脉搏已趋于平静。

我们躺在虚无上,病情在减轻,
我们掩盖一切裂缝;
而你在你面孔的阴影里
继续生长,变得不可知。

*

每个人,只要不在时间之中,
不在此穷城之中动手,
只要把手伸向轻悄之物,
伸向某个地方,远离大路,
几乎还没有一个名目——
都在诉说你,每天的祝福,
在一页纸上轻柔地言语:

归根结蒂只有祷告,
所以把双手赐给我们,
凡不祈求的,双手绝不创造;
不管绘画还是割刈,
工具用尽了全力,
于是培养出虔诚。

时间呈现出百态千姿。
我们有时听说时间,
但行古老永恒之事;
我们知道,上帝包围着我们,
大如一副胡子,一件袍子。
我们像玄武岩的脉纹
在上帝坚硬的荣耀里。

*

这个名字像一束光
冷酷地打到我们的额上。
那一刻我的脸垂下
在这场早早的审判前
(自古以来便有此传言),
并且看见你,我和世界身上
渐渐转暗的巨大砝码。

我曾经摇晃着涉入时间,
你使我慢慢从中拐出;
悄悄争辩后我躬身低头:
现在你的幽暗延续,

笼罩你柔和的胜利。

现在你拥有我却不知我是谁,
因为你宽广的视觉只看见
我已变得幽暗。
你抓住我,异常温柔,
你倾听,我的双手怎样
抚过你苍老的胡须。

*

你说的第一个词是**光**:
于是有了时间。然后你久久沉默。
第二个词成了人且透出不安
(随此声调我们还在转暗),
而你的神情又在思索。

我可不愿做你的第三个词。

我常在夜里祈求:你要做哑巴,
越来越多地借助手势,
精灵在睡梦中驱使他,

把沉默的总和,无比沉重,
写在额头和大山之中。

你要做避难所挡住愤怒,
这愤怒摈斥那不可言说之物。
乐园里黑夜降临了:
你要做守护者带着号角,
世人老是讲述,他吹奏。

*

你来而复去。一扇扇房门
更轻柔地关闭,几乎没有风。
所有神穿过轻悄的房屋,
你是那最轻悄的神。

人们可以很好地适应你,
于是眼中只有这画册,
当里面的画像更加美丽,
被你的阴影蒙上层蓝色;
因为万物总是将你涂染,
不过时而浓重时而清淡。

每当我看见你陷入沉思，
你的万象便四处分散；
你走动似一只亮晶晶的狍子，
我便是树林，我昏暗。

你是个轮子，我在它上头：
你有许多黑暗的轴，
有一根总是变得沉重，
它旋转并靠近我身边，
我热心的工作不断进展
从复返到复返。

*

你是那最深的，曾高高耸立，
鸱鸮和塔楼都怀着嫉妒。
你是那温柔的，曾言说自我，
可是：胆小鬼若要问你，
你便自个沉醉于沉默。

你是那众多矛盾的森林。
我可以摇晃你如一个幼婴，

但沉沉压在各民族头顶，
你的诅咒正在执行。

第一本书是为你写出来，
第一幅画也只尝试你，
你曾经受苦却依然挚爱，
你的庄重像是用矿石
打制于每个额头，它把你
与创世的七天对比。

你曾经丧失在千万人心中，
一切祭品都已变冷；
直到你在崇高的合唱团中，
在金色的大门后渐渐复苏；
一种思念终于诞生，
使你的形象重新恢复。

*

我知道，你就像一个谜，
时间围绕你徘徊犹豫。
多美呀，我创造了你，

在一个绷紧我的时辰,
仗着我的手年轻气盛。

我画了许多装饰的草图,
又给所有的阻障听诊,
然后我发觉构图有毛病:
线条和椭圆杂乱无章,
像荆棘丛的藤蔓一样,
直到在我深深的内心
那最虔敬的形式突然间
从一种手感跃入秘境。

我无法通观我的作品,
我却感觉到:它已完成。
但是,目光又已偏转,
我还要画它,一遍又一遍。

*

这是我每日的工作,那上面
我的影子像一只杯盏。
我也好像树叶和黏土,

每当我画画或发出祷告声
就是礼拜日,而我是山谷深处
一座欢呼的耶路撒冷。

我是主的骄傲的城,
我诉说他用一百张嘴;
我心中消歇了大卫的感恩:
我曾经躺在竖琴暮霭里
呼吸那颗昏星。

我的街巷通往日出,
我已被民众久久遗弃,
就这样:好让我更恢宏。
我听见每个人行走在我心中,
我扩展我的孤独
从开始到开始。

*

你们,许多未被攻击的城镇,
你们从未盼望过敌人?
哦,但愿他已将你们团团围困,

漫长的十年，动摇不定。

一直到你们无望地忍受他，
垂头丧气，饥饿难忍；
他就像城墙外面的风景，
因为他显然坚忍不拔，
要禁锢已受重创的那些人。

从你们的房顶往外看吧：
他安营扎寨并不知疲倦
并不会松劲和士气衰减
也不会把威胁者、许诺者
和劝降者送进城里。

他就是巨大的攻城槌，
做一桩闷声的活计。

*

我曾在震鸣中失去自己，
如今回家，不再振荡。
我曾是歌，上帝是韵，

仍在我耳中回响。

我将沉寂,朴实如初,
我的声音停驻;
我已垂下我的头
更虔诚地祈求。
我曾摇撼并呼唤别人,
犹如一阵风。
我曾远至天使的家园,
高至重霄,光化为虚无——
但上帝正深深转暗。

天使是最后的吹拂,
擦过他的树巅;
从他的枝叶中荡出,
对他们直如梦魇。
他们相信彼处之光,远甚于
上帝黑暗的势力,
路西法一度逃亡,
躲到天使的身旁。

他可是光明国度的侯爵,

他的额头陡峭,
直抵虚无那巨大的光焰,
于是他,脸已被烤焦,
祈求逃向黑暗。
他是明亮的时间之神,
时间朝他喧然苏醒,
因为他常在痛苦中呼啸,
常在痛苦中大笑,
时间便坚信他的极乐,
依附于他的强权。

时间像一片山毛榉树叶上
一段枯萎的边缘。
时间就是那件闪光的衣裳,
上帝已将它抛弃,
那时**他**,一直是深底,
已经倦于飞翔,
他向每一年隐藏自己,
直到他的毛发,酷似根须,
生长并穿透万物。

你只可用行动来领会,
只可用双手解释;
每一种感觉只是过客,
渴望脱出尘世。

每一种感觉已凭空想出,
人们感受它细腻的边缘——
这也是编造而成:
但是你走来,将自己奉献
并袭击逃遁的人。

我不想知道你在哪里,
请处处对我言语。
你那位热心的福音使徒
记录了一切却忘记
把你的声音留住。

我可是一直朝你走去
以我全部的行走;

好明白我是谁你又是谁,
使你我彼此相知。

*

我的生命有同样的头发和服饰
一如所有老沙皇垂死的时辰。
权力只是脱离了我的嘴,
可我那些王国,我默默使之圆满,
如今汇聚于我的背景,
我的各种感觉依然是君王。

对它们而言祷告始终是:感化,
用一切克制来营造,使畏惧
变得近乎伟大且美妙;
始终是:以许多金色、蓝色
和彩色的穹顶来加高
每个跪拜和每个信服
(以免别人关注)。

因为在它们的上升和复活之中
修道院和教堂还能是什么,

除了是竖琴,鸣响的空口承诺,
半拉子得救者之手在国君
和贞女面前滑过琴身。

*

上帝发令教我记载:

  残暴当施予那些国王。
  它是天使,领先于爱,
  没有这桥拱便没有
  引入时间的桥梁。

上帝发令教我刻画:

  时间是我最深的悲痛,
  我便把这些放入它盘中:
  醒着的女人,累累伤痕,
  巨富的死亡(好跟它清账),
  城市惊恐的狂欢滥饮,
  狂妄和众多国王。

上帝发令教我营造:

  因为我就是时间的君主。
  但对你我只是阴郁的知情人,
  我了解你的孤独。
  我是有眉毛的眼睛……

它对我加以白眼
从永恒到永恒。

*

上千位神学家曾经潜入
你的名字的亘古黑夜。
贞女们已向着你觉醒,
年轻人行进,一片银灰色,
并闪烁在你之中,你,战斗。

在你长长的拱廊里
诗人曾彼此相遇,
国王们声名卓著,
宽和又深邃,了不起。

56

你是那柔和的黄昏时分,
使所有诗人容貌相似;
你暗暗挤入他们的嘴里;
感觉到一件稀世珍品,
每张嘴都以美名包裹你。

就像发自沉默的振荡
上万架竖琴将你抬举。
你的风亘古吹拂,
将你的荣耀的气息
传给万物和万般需求。

*

诗人们使你散落到四处
(风暴卷走了结巴的歌词),
我却想把你重新收入
那教你欢喜的容器。

我曾经探寻在许多风里;
那时你千万次随风游荡。
找到的一切我都已带来:

你是杯子,那瞎子曾需要你,
仆役也把你深深掩藏,
捧起你的则是那乞丐;
有时在一个孩童那里
有一大块你的意义。

你瞧,我是一个寻觅者。

一个人走着,以手掩面,
像一个牧人一样;
(求你别让陌生人的目光,
令他迷惑,再把他打量)。
一个人,他梦想完成你,
也梦想完成他自己。

*

东正教总教堂阳光稀罕。
从雕像中长出那些墙;
那道门缓缓挤过那些老人
和贞女,像正展开的翅膀,
那道金色的皇帝之门。

大门的立柱旁边那面墙
已消失在正教的圣像后；
安居在寂静的白银里，
那些石像上升如合唱曲，
复又沉入一顶顶王冠，
更美妙地沉默，胜过先前。

从他们头顶，脸色苍白，
蓝如夜晚，
飘过那女人，兴许讨你喜欢：
看门的女人，清晨的露水，
环绕你绽放像河滩草地，
从来也不间断。

穹顶满是你的儿子
并将这建筑箍圆。

你可愿屈尊走下王座，
我仰望并震颤。

*

那时我这个朝圣者走进来，

感觉万分悲哀:
你就在我的额头上,你,宝石。
我用蜡烛,数目是七,
围绕你幽暗的存在,
还在每幅画像上看见
你棕色的母斑。

我站在那些乞丐站立的地方,
他们贫寒又枯瘦:
从他们衣衫的上下飘忽
我便懂得你,你是风。
我看见那个农夫,上了岁数,
满脸胡须像约阿希姆,
从他怎样变得昏暗,
被同样的人团团围住,
我便感到你从未这么温柔,
这么一声不吭地显现
在众人和他之中。

你任由时间运行,
你觉得这当中永无安宁:
那农夫找到了你的意义,

捡起它来又随即抛弃
并再次把它捡起。

*

就像葡萄种植园的看管人
有他的草棚并看管,
我也是草棚,主呀,在你的手中,
是夜晚,主呀,它属于你的夜晚。

葡萄园,牧场,古老的苹果园,
土地不放过每一个春天,
无花果树,地下坚硬如大理石,
也结出上百枚果实:

你圆圆的枝条芬芳四溢。
你不会问,我是否留神;
已溶化在汁液里,你的深底
悄悄从我身边无畏地上升。

*

上帝对每个人言说,只在造他之前,

然后他沉默,同他走出黑夜。
但他的言语,在每个人开始之前,
模糊如雾罩云遮:

被你的知觉遣送出去,
你要走到你的渴望的尽头;
把遮体的留下来。

在众物后面你要生长如烈火,
好让它们的影子,已经绷开,
始终将我掩盖。

你要经受一切:美和恐怖。
一个人只需走:无一种情感最远。
别让你同我离分。
很近那国度,
他们称之为生命。

你从它那份庄严
就能认出。

同我握握手。

我曾经结交最老的僧侣,与画师和传奇作者为伍,
他们平静地写故事并描画荣誉之符。
我现在看见你在我的幻境里,还有风、流水和森林,
都在基督教的边缘发出轰鸣,
你,无法照亮的国度。

我想讲述你,我想观察你并描绘你,
不是用胶块土和金粉,只用苹果树皮熬制的墨汁;
我也不能用珍珠把你编扎到树叶上,
但我的感觉虚构的那幅颤栗不已的画像,
你兴许会以你单纯的存在大肆渲染。

所以我想老老实实地称呼在你之中的事物,
想说出最古老的国王的名字,他们来自何处,
也想在稿纸的边缘记下他们的事迹和征战。

因为你是土地。你觉得四季就只像夏天,
不管远近,众民都一样在你的牵挂中,
他们是否学会了更深地播种和更好地割刈:

你觉得同样的收获不过使你略略感动
而且听不见播种者或收割者慢慢走过你。

*

你,转暗的根基,你坚忍地承受墙垣。
也许你允许都市还延续一个钟头,
还拿出两小时给教堂和孤独的修道院,
留给所有的得救者五小时依然受苦
并瞅着还劳作七小时的那个农夫:

在你再次化作森林、流水和生长的荒原之前,
  在不可把握的恐惧的辰光,
   你从万物那里索还
    你那尚未完成的画像。

再给我一小段时间吧:我要爱万物,没人比得上,
  直到它们都配得上你并变得宽广。
  我只要七天,只要七页纸,
  还没人在上面写过自己,
   七页孤独。

不管你给谁这本包含孤独的书,
他都会一直埋头攻读。
除非你把他握在手里,
　好写你自己。

*

我只是变成孩童才觉悟,
　对此坚信不疑,
当每个黑夜和恐惧过去,
会再次观照你。
我知道,每当我的思测量,
多深、多长、多宽:
但你只存在、存在、存在,
时间环绕你震颤。

我觉得,仿佛我现在同时是
孩童、少年、男人……
我感到:只有圆环丰盈,
凭借自己的回归。

我要感谢你,你,深厚的力量,

越发轻悄地同我一起完成，
像在一堵堵墙后；
我觉得工作日现在才平顺，
仿佛一种神圣的预感
穿透我暗钝的双手。

*

此前有一阵我不存在，
你可知道？不，你答复。
此时我感觉，只要我不匆忙，
那我就绝不会逝去。

如今我存在竟多于梦中之梦。
只有这一类，渴望去往天涯，
存在如一天，如一个声音；
它陌生地挤过你的双手，
就想找到那许多自由，
这双手悲哀地放弃了它。

于是黑暗只为你留下，
而一段世界的历史

从越来越模糊的岩基,
增长并耸入空洞的内径。
如今还有谁营造它?
石料欲恢复原样,
石头好像已被弃置,

无一块被你雕凿成形……

*

你的树冠中光正在嬉闹,
使得万物多彩又爱俏,
白昼燃尽时它们才发现你。
苍穹的暮霭和柔情蜜意
将一千只手放到一千个头顶,
那异乡物在其中变得虔敬。

你只想这样将宇宙牵至身边,
以这种无比柔和的手势。
从宇宙的重霄中你抓住地球,
感觉到它在你袍子的褶裥里。

你有一种轻悄的存在方式。
而那些人,献给你响亮的名字,
早已被你的邻居忘记。

从你的如山峰耸立的双手,
随昏暗的前额升起你哑寂的神力,
将律法赐予我们的种种欲求。

*

你如此热心,你的恩典
总是潜入一切最古老的手势。
当某人交叉十指,
双手便温顺,
包含了一小点幽暗:
顿时他感觉你在双手中形成,
好像在风中
他的脸垂下
在羞涩中。

这时他尝试躺在石头上,
但又爬起来,以免引人注目;

他尽量轻轻摇你使你入眠,
你醒着,他担心泄露。

因为谁感觉到你,就不能以你自诩;
他惴惴不安,为你担忧
并避开一切准会察觉你的陌生人:

你是沙漠里的奇迹,这奇迹
在流亡者身上发生。

*

离白昼的边缘就一个钟头,
这地方已为一切准备就绪。
你渴望什么,我的灵魂,请说出:

你要做荒原,就做荒原,要旷远。
要有古老的,古老的土墩坟墓,
还在生长并几乎认不出,
当月亮照临这地方,
平坦,早已逝去。
你要塑造你,寂静。要塑造

众物(这是它们的童年,
将来它们愿为你效劳)。
你要做荒原,做荒原,做荒原,
然后那老人兴许也莅临,
我难以将他跟黑夜区分,
他会把他瞎眼的一抹黑
带入我这座倾听的冥宅。

我看见他静坐并沉思,
却未超出我之外;
对于他一切在内部,
天空、荒原和冥宅。

只是他的歌已消失,
他再也不会唱起;
从成千上万只耳朵
时间和风曾畅饮那些歌;
从那些愚人的耳朵。

*

可是:这感觉很真实,

仿佛我已将每一首歌
替他深藏在我心底。

他沉默,满脸胡须抖动,
他想从他的曲调中
重新获得自己。
这时我跪倒在他身前:

他的歌曲潺潺
又流回他心里。

卷 二

朝 圣

（1901年）

你并未震惊于肆虐的风暴,
你瞅着它疯长;
树木逃走。树木的逃亡
造成奔行的林荫道。
这时你知道,它们躲避那一位,
你却朝他走去,
你的感觉都将他赞美,
当你独立窗口。

夏天的日子曾经停顿,
树木之血上升;
现在你感到它欲下沉,
沉入造物主之中。
你一度以为已认清那种力,
当你手捧着果实,
现在它却又神秘莫测,

而你又成了外客。

夏天曾经像你的家园,
那里一切已消停——
你现在得出去,进入你的心,
就像进入平原。
何时添上了深深的孤独,
日子变得寡淡,
你感觉中的世界,像枯叶一般,
正被狂风卷走。

你拥有的天空正往下瞅
透过空空树枝;
你要做晚歌、田野和大地,
时时被天空关注。
现在你要像物一样谦卑,
成熟并成为真实,
好让宣布福音的那位
抓住并感觉到你。

*

我又开始祷告,你,庄严的神,

你又听见我,借助于风,
因为我的言语澎湃深沉,
虽从未用过,却格外强劲。

我曾经被割裂;我的自我
曾经一块块分发给敌人。
上帝呀,所有的笑者嘲笑我,
所有的饮者都将我吞饮。

我在院子里收集了我自己,
从旧玻璃中,从垃圾堆,
又用半张嘴含糊地念叨你,
你,永恒者,完好又完美。
我向你举起半截双手,
表达难以形容的渴望,
但愿能找回我的双目,
我好把你仔细打量。

我曾是大火烧过的一幢楼房,
只有谋杀者偶尔藏身,
直到饥饿驱使他们
继续逃亡远走他乡;

我像是海边的一座城市,
有一场瘟疫肆虐发狂,
它就像一具腐烂的尸体
沉重地吊在孩子们手上。
我曾经觉得自己像个陌生人,
对他我只知道,他一度
令我年轻的母亲伤心,
当她怀着我的时候,
而且她的心,已受到挤压,
痛苦地敲打我的萌发。

现在我重新组装起来
用我的耻辱的所有碎块,
我便渴求一条纽带,
一种达成一致的理解:
这样概括我,如同一个物,
渴求你心灵的那双巨手——
(哦,但愿它们真的眷顾我)。
我点数自己,而你呢,我的主,
你有权力将我挥霍。

*

我还是那一个,他曾经对你跪下,
身穿一袭僧侣的袍服:
那深沉的服侍的祭司助手,
他曾臆造你,你已充满他。
安静的修道室有声音传出,
世界从旁边缓缓拂过;
你始终还是那光波,
照射世间万物。

什么也不**存在**。除了一面海,
大陆有时从海里升起来。
什么也不**存在**。除了一片沉默,
提琴和美丽天使的沉默,
而被沉默隐瞒的那一个,
所有的物都向他倾垂,
都沉重,因他的强力的光辉。

你竟是万有——我,这一个,
屈服并愤怒?

我竟不是普遍之物,
我不是**万有**,若我痛哭,
你,这一个,可听见我哭?

你可听见我身边的动静?
除了我的声音还有别的吗?
有一场风暴?我也是风暴,
向你挥手的是我的树林。

或有一首歌?既渺小又病弱,
它会妨碍你耐心倾听我;
我也是一首歌,我听我的歌,
它很孤独,没有谁听过。

我还是那一个,从前他有时
胆怯地向你询问,你是谁。
每天每日太阳落下后
我备受伤害,孤苦伶仃,
脸苍白,暂时忘却了悲苦,
在每个人群中忍受欺凌,
所有的物都像修道院,
在那里面我曾是囚犯。

于是我需要你,你,什么都清楚,
你,每个困苦的温柔的邻居,
你,我的苦难的轻悄的第二者,
你,上帝,于是我需要你如面包。
黑夜是什么,你也许不知道,
对那些彻夜难眠的人:
因为他们都是不义之人,
那老头、那孩子和那少女,
突然惊起像谣传死去的人,
被黑色的物紧紧围困,
他们苍白的手不停颤抖,
他们被织入野性的人生,
像狗群被织入追猎的场景。
已经过去的还等在前面,
而未来之中躺着尸首,
披大衣的男人叩击门板;
用眼睛和耳朵还感受不到
早晨的任何最初的征兆,
周围还听不见一声鸡叫。
黑夜像一座巨大的房子。
怀着受伤的手的恐惧
他们把门都甩进了墙壁——

然后条条通道交错纵横，
哪里也找不到出去的大门。

就这样，上帝呀，**每个**夜晚；
他们惊醒一遍又一遍，
走呀走呀却找不到你。
你听见他们以盲人的步子
踩踏着黑暗？
你听见盘旋而下的楼梯上
他们在祈求？
你听见他们倒在黑乎乎的石板上？
你一定听见了哭声；是他们在痛哭。

我在寻找你，因为他们走过
我的门前。我几乎能看见。
我该当呼唤谁，若非**那一个**，
他黑暗，甚至比黑夜更冥暗。
那个唯一的，没有灯他醒着，
却不害怕；那个幽深的，还没有
被光明惯坏，而我了解他，
因为他随树木破土而出，
因为他，这芬芳

悄悄从大地升起并沁入
我垂下的面庞。

*

你,永恒者,你把你展示给我。
我爱你如同亲爱的儿子,
孩提时有一天他离开了我,
因为命运把他扶上了王座,
王座前全是山岭和谷地。
我留下来像一个白发老人,
他再也弄不懂长大的儿子,
对新生事物也缺少见识,
他的子嗣倒是厌旧喜新。
你的鸿运有时令我惊恐,
它搭乘各种陌生的航船,
我有时盼望你回到我之中,
回归这片抚养你的黑暗。
我有时担心你已丢了性命,
当我随光阴飞快逝去。
那时我读到你:福音使徒
处处报道了你的永恒。

我是父亲;但那儿子是更多,
是父亲曾是的一切,这老爸
未曾形成,正在儿子中变大;
他是返归,他是未来,
他是怀腹和大海……

*

我的祷告对你不是渎神,
仿佛我照着古书念出来:
我跟你很相亲——千倍的亲。
我要把爱送给你。爱上加爱……

某人真爱一个父亲?某人就不会
像你曾经离开我,脸色冷酷,
脱离他空空无助的双手?
也不会悄悄把他枯萎的言语
放进几乎不读的古书里?
某人就不会,好像从一道分水岭,
从他的心流走,奔向欢乐和痛苦?
这父亲难道不再是**从前的**模样:
远去的岁月,让人觉得陌生,

过时的姿势,僵死的衣装,
凋残的手掌和一头白发苍苍?
于他的时代他曾经是个英雄,
现在是树叶飘落,当我们生长。

*

他的较真对我们像个梦魇,
他的声音对我们像块岩石;
我们倒是想听从他的言辞,
但他的话语我们只听见一半。
他和我们之间隆重的剧情
过于喧嚣,难以相互理解,
我们只看见他变换的口形,
从中飘出随即消失的音节。
于是我们离他比遥远更遥远,
虽然爱还勉强把双方连在一起,
直到在此星球上他不得不死,
我们才发现他曾经活在人间。

对我们这便是父亲。而我——我该当
称你为父亲?

这也许千百次令我远离你。
你是我的儿子。我会认出你,
像某人认出唯一亲爱的孩子,
哪怕他变成男人,变成老人。

*

扑灭我的双眼吧:我能看见你,
堵塞我的耳朵:我能听见你,
没有脚我能走向你,
没有嘴我也能召唤你。
折断我的双臂我抓住你,
用我的心像用一只手,
止住我的心,我的大脑会敲击,
纵然你在我脑子里放一把火,
我用我的鲜血驮负你。

*

我的灵魂是你身前的女人。
她像路得,拿俄米的媳妇。
白天她把你的麦子扎成捆,

好像一个干粗活的使女。
可是傍晚时她下到河里,
洗净自己并穿戴整齐,
一切歇息了,她到你这儿来,
在你脚边把被褥铺开。

半夜时你问她,她十分单纯
并回答:我是路得,是使女。
快拿你的翅膀盖住你的使女。
你是遗产继承人……

我的灵魂于是在你的脚边
直睡到天亮,你的血使她温暖。
她像路得。是你身前的女人。

*

你是遗产继承人。
子辈是继承人,
因为父辈在死去。
子辈继起并繁盛。
　　你是遗产继承人:

你继承过去的花园

那种绿和衰变的天宇

那宁静的蓝。

千百天凝成的露珠,

许多夏天,倾听着艳阳,

纯粹的春天,有斑斓和幽怨,

像一个少女的许多书简。

你继承秋天,像锦衣华服

保存在诗人的记忆里,

和所有冬天,像荒僻的田畴,

仿佛悄悄依偎着你。

你继承威尼斯、喀山和罗马,

佛罗伦萨也将是你的,比萨斜塔,

三一修道院和莫纳斯提尔——

基辅的花园环绕此寺院,

一座穿廊的迷宫,幽暗又缠绕;

莫斯科的钟声如一串串怀念;

音乐将是你的:提琴,簧片,圆号,

每一首歌,深沉地唱起来,

将在你身上放射宝石的光彩。

只是为了你诗人们离群索居,

搜集华丽和丰富的图像，
他们走出去，对照使他们成熟，
他们一生都如此孤单……
画家们只画他们的画图，
以便你将大自然，当初被你
造成消逝的，**永不消逝地**回收：
一切都将永恒。你瞧，那女人早已
在那幅《蒙娜丽莎》中成熟如酒：
准定再也不会有一个女人，
因为新事物绝不再带来新女人。
那些塑造者都像你似的。
他们想要永恒。他们说：宝石，
须永恒。而这意味着：它须是你的！

就连恋人也在为你采集：
他们是诗人，虽只有短暂的时辰，
他们亲吻，使一张呆板的嘴
漾出微笑，给它更美的造型，
他们带来快感，使自己习惯于
痛苦，恰恰痛苦才催人成熟。
正在欢笑时他们也带来悲愁，
带来渴望，渴望会沉睡，又苏醒，

好在陌生的怀中号啕大哭。
他们积累不解之谜并死去,
如鸟兽死去却弄不明白;
但是他们也许会有后代,
他们绿色的生命在子孙中成熟;
凭借此生命你将继承那爱情,
曾经彼此给予,盲目如一场梦。

于是物之丰饶注入你之中。
就像喷泉上面的池水
不断漫溢,好似一绺绺
松散的长发,落进最深的盘子,
你觉得那丰盈沉入你的山谷,
当众物和思想转向之时。

*

我只是你的卑贱的仆人,
他从修道室窥视人生,
世人比物离他更远,他不敢
考虑世间发生的事情。
可是你若要我守在你面前,

你的目光阴沉地瞪视，
你就别以为这是我放肆，
若我告诉你：没人过自己的人生。
人不过是偶然，声音，碎片，
许多小小的幸福，恐惧，平凡，
孩提时已伪装，包裹得暖和，
成年是假面，而脸呢——沉默。

我常常寻思：肯定有不少宝库，
这许多人生全都躺在那里，
譬如轿子或摇篮或甲胄，
从来没有真人钻进去，
譬如法衣，它们全凭自己
无法站立，只好下坠时靠住
拱形石头垒成的坚固墙壁。

每当我傍晚一直走下去，
远离我已厌倦的花园，
我就知道：所有的路通向
未曾生存过的物的宝库。
那里没有树，仿佛土地已休眠，
危墙悬立像围着一座监狱，

看不见窗孔,环圈倒有七道。
一扇扇铁门上插着铁矛,
用来阻挡想要进去的人,
一道道铁栅由人手制成。

*

但是,每个人虽想从自身解脱,
像摆脱恨他并关他的牢狱,
这却是世界上一个伟大的奇迹:
我感觉:**一切生命正在被活过**。

究竟谁在活过生命?可是众物,
像一曲未曾弹奏的旋律
在夜里如在一把竖琴里?
可是风儿,在湖上轻轻吹拂,
可是树枝,给自己一个信号,
可是花朵,让芬芳彼此交融,
可是长长的渐渐衰老的林荫道?
可是温暖的兽类,四处走动,
可是鸟群,异样地拍翅飞升?

谁在活过它？上帝，是你活过它——生命？

*

你是那老人，他的头发
已被煤炱烤焦熏黄，
你是那高大的不起眼者，
你的锤子握在手上。
你是那铁匠，岁月之歌，
总是站在铁砧旁。

你是那铁匠，从来没有礼拜天，
一心工作，日夜匆忙，
他也许死去，为了那柄剑，
它还没有射出寒光。
磨子和锯子都停在这里，
我们懒洋洋，喝得脑壳胀，
这时候却听见你的锤子
在城里每座大钟上敲响。

你是成年人，你是师傅，
没有谁见过你当学徒；

一个无名者,来自他乡,
或毫无顾忌,或窃窃私语,
针对你的流言传遍四方。

*

流言此起彼伏,都在揣测你,
怀疑播散,使你模糊不清。
那些愚钝和耽于空想的人
不相信自己炽热的情感,
非要见证血流山涧,
不然他们对你不信任。

你却垂下了你的头颅。

你当然可以切开大山的岩脉,
这是一个严惩的兆头;
但你对异教徒
从不理睬。

你不想跟一切诡计争斗,
也不想找寻光明之爱;

因为你对基督徒
从不理睬。

你从不理睬提问者,
脸色柔和,
你关注承受者。

*

所有寻找你的人都在尝试你。
而那些约莫找到你的,倒把你
捆在画像和姿势上。

我却想要领会你,
正如大地领会你;
伴随我的成熟
成熟着
你的王国。

我不想从你那里获知
任何证明你的空虚。
我知道,时间

意味着别的
而非你。

别施奇迹来讨我喜欢。
你要认可你的法则，
它们代代相传
愈加彰显。

*

当某物从我的窗口坠落
（哪怕那玩意再小再轻）
重力定律就突然从空中
像一阵海上卷起的狂风
袭向每个皮球和浆果
将它们载入世界的核心。

有一种惯于飞翔的善
随时监督每一个物，
譬如每朵花，每块石头
每个孩子，沉睡在夜晚。
就只有我们，如此傲慢，

脱出某些关联并挤进
一种自由那空虚的空间，
而非像棵树一直上升，
把自己交给明智的势力。
人们悄声又乐意，不曾
加入那些最遥远的轨道，
却按习俗联结在一起；
谁若是脱出每个圈子，
谁现在孤独，难以言表。

此时他必须向万物学习，
像一个孩子重新开始，
因为那些物，曾依恋神的心，
从来都没有离开上帝。
他得又能做一件事：**下沉**，
在重力之中耐心地栖息，
若他已敢于比试飞行
而且胜过所有的鸟群。

（因为连天使也不再飞行。
撒拉弗就像沉重的鸟，
他们围着**他**枯坐并思考；

他们就像鸟的残身，
像企鹅，瞧他们何其消沉……)①

*

你喜爱谦卑。那便垂下头来
有时静静地将你领会。
年轻的诗人傍晚就这样
走在偏僻的林荫道上。
农夫们就这样围着尸体，
当一个孩子丧失于死亡；
现在发生的却也相似：
突然遭遇太大的一件事。

不管谁第一次感受到你，
一定被邻居和钟表扰乱，
他行走，弯腰寻你的踪迹，
像上了年纪，驮着重担。
后来他才贴近大自然，
于是感觉到风和远方，

---

① 这一节是里尔克1904年添加的。——译注

听见你,当田野悄声赞叹,
看见你,当星辰为你歌唱,
他再也不会把你忘记,
一切都只是你的袍子。

他觉得你新、你近、你美好,
像一趟旅行无比奇妙,
乘着静静的航船,他悄悄
沿一条大河缓缓而行。
原野宽广、平坦,吹着风,
已经被献给恢宏的天空
而且隶属于古老的森林。
那些小村庄慢慢临近,
随后又消失像一串钟声,
像一个昨天和一个今日,
像我们见过的一切事体。
但随着河流不断延伸,
总是有城镇浮现出来,
好似鸟群把翅膀展开,
迎向这趟庄严的航行。

有时候航船停靠某个地方,

寂寞，没有城市和村庄，
水边码头等候着什么——
等着那个人，他没有故乡……
为这种人那里停着马车
（每架车前套着三匹马），
它们飞快地驶入夜幕，
沿一条已经消失的道路。

*

这村里立着最后的房屋，
孤独如世界的角隅。

小村庄留不住小路——
慢慢延伸，走进黑夜。

小村庄只是一个过渡
连接两片旷远，紧张但充满预感，
大道绕过了村落，不是条小路。

离开村子的人将久久流浪，
也许很多人在途中死亡。

*

有时候某人晚餐时突然站起,
走出去,走呀走呀走,
因为某座教堂在东方某处。

孩子们祈神赐福像他已死去。

而某人,死在他自己家里,
长住在那里,留在桌子和杯子里,
于是孩子们到外面世界去,
去找那座教堂,他早已忘记。

*

巡夜人是一个疯子,
因为他醒着。
在每个钟点他笑笑并停下,
为黑夜他要找一个名字,
把它叫做:七,二十八,十……
一只三角铁在他手里抓着,

因为他颤抖,它撞到喇叭
圆口上,他不会吹它,就哼起
歌谣,把它带给万户千家。

孩子们享有一个美好的夜晚,
做梦都听见那疯子醒着。
那些狗却已将项圈挣脱,
在房屋里东奔西窜
还发抖,虽然他已经走远,
老是害怕他再次回返。

*

你可知道那些圣徒,我的主?

他们曾觉得,连闭塞的修道室
也太凑近哄笑和啼哭,
迫使他们深深钻进地里。

每个人都曾在他的洞穴里
呼出一点空气连同他的光,
忘记了他的年龄和长相,

像一座没有窗户的房屋，他活着
并不再死去，仿佛早已死亡。

他们很少念经；一切都已枯萎，
仿佛每本书里钻进了严寒，
像他们骨头上僧衣下垂，
每个词上也有意义垂悬。
在黑暗的过道感觉到对方，
他们也不再彼此寒暄，
他们任自己长发披散，
没有谁知道，是否他的邻居
已站着死去。
　　　　　在一座圆形洞窟中，
那里的银灯靠香脂供养，
有时候聚集着那些同伴，
面对金色的门如金色的花园，
满腹猜疑，他们望入那梦中，
长长的胡须瑟瑟抖动。

他们的生命千年般长久，
打从黑夜与光亮不再分歧；
仿佛被一股巨浪冲击，

他们又回归母亲的怀腹。
他们坐如胎儿,全身盘曲,
有大大的脑袋,小小的双手,
什么也不吃,似乎他们的活力
出自四周那黑暗的大地。

现在他们被展示给上千朝圣者——
从城市和草原来到修道院。
三百年以来他们一直躺着,
他们的肉身再也不会朽烂。
在那些躺卧的瘦长形体上
昏暗累积像一种光生出烟子,
麻布下的形体隐秘地维持自己;
他们手背上难以理清的皱襞
像山脉遍布于他们的胸膛。

你,统治上界的伟大又古老的君王:
你忘了给这些已被掩埋者
派来使他们耗尽的死亡,
因为他们已深深潜入地下?
难道这些人,拿死者当范本,
才真的最贴近永恒不朽?

这就是你这些尸体的伟大的生,
它该当比时间之死更长久?

你觉得他们还有利于你的谋略?
难道你维持永不消逝的容器,
竟不惜破坏规矩,为的是
有朝一日以此盛满你的血?

*

你是未来,盛大的曙光,
出现在永恒之平原上。
你是送走时间之夜的鸡鸣,
露珠,少女,早晨的祷告声,
陌生的男人,母亲和死亡。

你是那正在转化的形象,
总是独自耸立于命运之上,
从未被抱怨也未被欢庆,
从未被书写如原始森林。

你是万物那深邃的总数,

隐瞒了自己本质的最后的词语，
对不同的物总是不同的展现：
对船是海岸，对陆地是船。

*

你就是那座圣痕修道院。
三十二座古老的大教堂，
五十座礼拜堂，全用蛋白石
和一块块琥珀堆砌修建。
修道院庭院里每一个物
都配有一段你的乐章，
强劲的大门堪称序曲。

长排的房屋里住着修女，
黑衣姐妹，七百一十。
偶尔有一个来到水井旁，
一个伫立像是着了迷，
一个像映着傍晚的霞光，
好苗条，漫步在沉寂的林荫道上。

可是大多数从来见不着；

她们守着房间的沉寂,
像小提琴忧郁的胸膛里
没人会拉的曲调……

多愁善感的茉莉花丛里,
一座座坟墓排列成行,
环绕礼拜堂;它们絮叨尘世,
如此轻悄,像石头一样。
虽然那世界冲击着修道院,
却不复存在,它已被转入
空虚的白昼和无聊的物件,
准备去行乐去玩弄阴谋。

它已过去了:因为你存在。

它依然像一场光的游戏
流过冷漠无情的年代;
在川流不息的人面中,
昏暗的物却已为诗人,
为傍晚和你显露无遗。

*

世界的国王个个老朽,
找不到谁来顶替自己。
儿子们未成年就已死去,
苍白的女儿也没法子,
忧郁的王冠送给了暴力。

暴民砸烂了王冠换钱币,
合乎时势的世界主人
用烈火把王冠铸成机器,
机器轰隆隆,侍奉他的意志;
但幸福并没有伴随他们。

矿砂有了乡愁。它渴望
脱离硬币脱离齿轮,
它们教会它渺小的生存。
它渴望逃出钱箱和工厂,
依旧回到它的矿脉里,
于是大山张开了口子,
在它身后复又关闭。

*

万物将再度伟大而劲健。
土地朴实,水波粼粼,
参天的树,低矮的墙垣;
在山谷之中,农夫及牧人
自成一族,各异又强悍。

再没有这样的教堂:囚禁上帝
如一个逃犯,然后为他叹息,
如带伤的野兽困守牢笼;
房门洞开,向一切叩见者,
一种无限牺牲的感觉
在一切行动中,在你我心中。

没有仰望,没有彼岸之期冀,
连死亡也不亵渎,只有渴望,
侍奉着,在尘世之物上练习,
好让他的手不再觉得你新。

*

你也将伟大。比某人更伟大,
他现在须生存并能言说你。
更非同寻常,更不可比拟,
且比一个老者更加苍老。

某人将感觉你:仿佛一座园圃,
近在眼前,飘来一阵芬芳;
像一个病人爱他最亲爱的物,
某人将爱你,温柔而充满预感。

再也不会有祷告把人们
聚集在一起。你**不在**团体里;
谁感觉到你,谁要是喜欢你,
他就像地球上唯一的人:
他已经被驱逐,他也被维系,
他既被收藏,却又被挥霍;
一个微笑者却半是悲泣,
小如一间房,大如一个王国。

*

那些房屋里不会安宁,不管是
有人死去,房屋继续容忍他,
还是某人按隐秘的引示
拿起朝圣的手杖和肩褡,
好去异邦打探那条路,
他知道你正在路上等候。

大路上绝不会没有那些人——
想要走向你如走向那朵玫瑰,
每隔一千年才开放一回。
许多黧黑的香客,几乎无名,
当他们企及你时,他们已疲惫。

但是我看见了他们缓缓行进;
于是我相信,真的有风
从他们袍子里荡出,袍子飘动,
风又平静了,当他们躺下:
平原上他们的行走如此伟大。

*

于是我想走向你：从陌生的门槛
乞讨不愿喂饱我的施舍。
许多歧路若使我迷惑，
我就同最老的香客结伴。
我要与矮小的白发老人为伍，
他们走动时，我恍惚看见
他们的膝盖从长髯的波浪
冒出来，像没有树丛的岛屿。

那时我们超过了瞎眼的男人，
他们拿孩子充当看路的眼睛，
河边饮水者，疲惫的妇女，
许多妇女都怀有身孕。
所有人对我都异常亲近，
男人仿佛把我当亲属，
妇女呢认我是一个朋友，
连狗也凑上来，让我瞅一瞅。

*

你，上帝，我愿是许多朝圣者，
好排成长队走向你，
好充当你的一大块：你，林苑，
里面有活着的林荫道。
当我这样走，总是孤单一人——
这有谁关注？谁**看见**我走向你？
这使谁激动？使谁的心狂跳？
使谁皈依你？
　　　　　好像没有谁搭理，
——他们继续嘲笑。这时我快乐：
我这样走如我总是那样；
因为没有嘲笑者能够看见我。

*

白天你是边听边说，
围绕万物悄悄话流过；
你是敲钟之后的沉寂，
这沉寂慢慢再次关闭。

伴随渐渐衰弱的姿态
白天越是垂向傍晚,
你越是存在,上帝。像炊烟
你的国从所有房顶升起来。

*

一个朝圣的早晨。从坚硬的地铺,
昨夜人人倒下去像中了毒,
枯瘦的一群人随第一阵钟声
爬起身来,祷告并感恩,
初升的太阳照射着他们:

蓄胡子的男人弯腰曲躬;
从皮袍钻出来,孩子们严肃,
第比利斯和塔什干的褐色妇女
披着大衣,因沉默而沉重。

基督教徒以伊斯兰教的姿势
围在井边,伸出自己的双手
像浅浅的碟子,像某种容器,
倾盆之水像一个魂灵注入。

他们把脸埋进去并啜饮，
用左手扯开自己的衣襟，
然后再把水泼向胸前，
仿佛一张凉凉的脸
在恸哭并诉说人间的苦难。

这些苦难睁着干枯的眼睛
环绕四周；你不知它们是谁，
现在和过去。奴仆或农民，
也许商人，他们见过阔绰，
也许温和的僧侣，难逃死期，
还有小偷，随时等待诱惑，
坦诚的少女，蹲在那里垂头丧气，
和一片虚幻树林里的疯子：
所有人像王侯，陷于深深的悲伤，
将身外之物统统抛弃。
所有人像智者，饱经风霜，
像曾经隐居沙漠的选民，
上帝拿异样的兽养活他们；
孤独者，一路走过平原，
风尘掩不住灰暗的脸，
某种渴望，羞怯又拘谨，

却如此奇妙地提升他们。
摆脱平庸的人,奉召加入
合唱和宏大的管风琴演奏,
跪拜者,被赋予攀登者的形象;
配上图案的旗帜,也早就
折叠起来小心收藏:

现在他们又慢慢现身露面。
有些人站住瞅一座房屋,
生病的朝圣者住在里边;
因为刚好从那里晃出个僧侣,
头发松散,法衣皱巴巴,
背阴的脸呈病态的蓝色,
被魔鬼弄得煞是阴暗。

当时他垂下去,仿佛将自己折成两半,
以两截身段凑向地面,
地面现在像一声叫喊
似乎挂在他嘴上,又像是
他的双臂伸长的手势。

他的下沉慢慢停止。

他向上飞，仿佛他感觉到翅膀，
他觉得轻松了，这便诱使他
相信自己变成了一只小鸟。
细长的他悬挂在枯瘦的双臂上，
像一个玩偶顶得倾斜了，
他相信自己有巨大的羽翼，
世界远远在自己脚下
像一个山谷早已平息。
不可思议，他看见自己一下子
被抛到一个陌生的地方，
沉入他的痛苦的绿色海底。
他是一条鱼，轻快地转身，
游过银灰色的水，又深又宁静，
他看见海蜇挂在珊瑚上，
又看见海洋处女的长发，
海水像把梳子潺潺流过去。
他登上陆地，在死去的少女身旁
他当了新郎，像有谁选中他，
以免一个未婚的少女
陌生地踏上乐园的草场。

他追随她并调整自己的脚步，

他转圈舞蹈,总是以她为中心,
他的双臂绕着他自己旋舞。
然后他倾听,仿佛第三个人物
无比轻柔地步入了游戏,
这种舞蹈令此人难以置信。
那时他认出了:现在你得祷告,
因为正是此人将先知称号,
如一顶大王冠,授予自己。
我们留住他,我们总想得到他,
我们收获他,从前播下的种子,
快收拾好行装,我们回家吧,
排着长队并伴着乐曲。
他深深鞠躬,激动不已。

但是那位老人好像睡着了,
他没看见,虽然睁着眼睛。

他又鞠躬,垂下去这么深,
一阵颤抖穿过他全身。
但老人还是没有觉察。

那时生病的僧人揪住头发,

像一袭长袍撞向一棵树,
但老人站着,没怎么看清楚。

那时生病的僧人抓住自己,
像手里抓住一把行刑剑,
他劈呀劈呀,劈伤了墙壁,
最后气得把自己戳进了地里。
但是老人也未必瞧见。

那时僧人扯下衣裳如树皮,
跪着把它递给老人。

快看呀:他来了。像靠近一个孩子,
他温柔地说:你也知道**我是谁**?
他知道。这时他把自己轻轻
放到老人颔下如一把提琴。

*

红色的小檗现在已经成熟,
花坛衰老的紫菀微弱地呼吸。
谁现在还不丰饶,夏天将过去,

就一直等待,断难拥有自己。

谁现在不能闭上自己的双眼——
真的,他心中许许多多幻境
就只等待着黑夜降临,
好在他的幽暗中突然显现——
他就已朽掉如一个老人。

再没有什么来临,再没有亲历的一天,
发生的一切都把他欺骗,
甚至你,上帝。像一块石头,
你每天将他拽入深渊。

*

你不必担忧,上帝。他们说:**我的**,
冲着一切忍耐的物。
他们像风,一边刮过树枝
一边说:**我的**树。

他们几乎没注意到
他们的手抓住的一切在燃烧,

他们恐怕还难以攫取
一切的最后边缘,除非被烧焦。

他们说**我的**,像有时某人喜欢
跟农夫谈话时称侯爵为朋友,
如果这侯爵显赫却又遥远。
他们说**我的**,指着陌生的墙垣,
却不认识他们的房产的业主。
他们说**我的**,并列举占有物,
而他们靠近的每个物关闭自己,
就像一个愚蠢的江湖骗子
也许称太阳是他的,还有闪电。
于是他们说:我的生命,我的孩子
我的女人,我的狗,却十分清楚,
这一切:生命、孩子、女人和狗
都是他者的产物;不加考虑
他们从来只管伸手抓取。
对此只有那些伟人深信不疑,
他们怀念眼睛。因为其他人
不想听这些:他们穷困的流浪
跟周围一切物毫无关联,
他们被自己的财物赶出家园,

不再被他们的私产所承认,
拥有妻子这般少如拥有那朵花,
对于所有人它是个陌生的生命。

上帝呀,你不要心绪不宁。
就连那爱你的人,黑暗中认出了
你的脸,他好像一盏油灯
晃动在你的呼吸里,他也不占有你。
纵然有谁在黑夜里抓住你,
使你不得不进入他的祈祷:

   你是过客,
   又要离去。

谁能挽留你,上帝?因为你是你的,
不容任何物主染指,
你就像尚未成熟的葡萄,
愈来愈甜美,只属于自己。

    *

我把你埋在深深的夜里,你,宝藏。
因为在我的眼中,一切丰盛

不过是贫乏，蹩脚地伪装
你的美，但它还从未发生。

可是通向你的路无限遥远，
已逐渐消失，因久久无人行走。
哦，你多么孤独。你就是孤独，
你是心，正隐入偏远的群山。

我埋藏你，双手流出了鲜血，
我把张开的手掌迎风举起，
让它们像一棵树长出枝叶。
我用双手从空间吮吸你，
用一种急不可耐的手势，
仿佛你一度在空中粉碎，
现在沉落，一个飘洒的世界，
从遥远的星辰降临大地，
如此轻柔，好似春天的雨。

卷 三

贫穷与死亡

（1903年）

也许，我正穿过沉重的大山，
像坚硬矿脉里孤独的矿石；
我已这么深，却看不见终点，
看不见远：一切变成近，
一切近变成岩石。

我确实还不识痛苦的滋味，
这巨大的黑暗使我卑微；
但**你**若是黑暗：你须沉重并降临：
你整个的手好在我身上发生，
我整个的呼喊好给你回应。

*

你，山岳，亘古峙停，当群山朝你奔涌，
没有草棚的山坡，没有名字的巅峰，

永恒的冰雪,那里星星蹒跚,
承载者,驮着那些仙客来山谷,
大地的一切芬芳从那里飘出;
你,一切山岳的尖塔和嘴
(傍晚的祷告还从未在此响起):

现在我走在你之中?在玄武岩中
我像一种尚未发现的金属?
我敬畏并塞满你的岩石褶皱,
我处处都感觉到你的硬度。

要么就是恐惧,我身在其中?
太大的都市的深深恐惧,
你使我陷入其中直到下巴颏?
但愿有人曾向你仔细讲述
这恐惧的本质,虚幻又荒谬。
但愿你发出怒吼,你,泰初的狂风,
卷走这恐惧如你前面的谷壳……

你现在若想听我说,那我就说实话:
那我可管不住我这口,
它只想闭上像一道伤口;

我的双手也像两条狗一样
贴在两侧,谁叫喊都要遭殃。

你逼我,主呀,做一个异样的祷告。

*

且让我守护你的旷远,
让我紧贴岩石倾听,
让我的目光不断伸展
向着你的海洋的孤单;
让我随着那河流的航道
从两岸的呼号和喧嚣
远远隐入黑夜的谐音。

快送我去你那些空旷的地方,
宏大的修道院像一袭袭法衣
包围着尚未活过的生命。
在那里我要同朝圣者结伴,
再没有欺骗能使我远离
他们的声音,他们的形象,
紧跟在瞎眼的老人后面,

我要走那条路,谁也不认识。

*

因为,主呀,那些大都市
已分崩离析,被人遗弃;
最大的那座像火灾时的逃离,
没有任何安慰可以安慰它,
它的时间短小且流失。

那里的人们活得艰难又煎熬,
住在地下室,举动战战兢兢,
比初生之兽更容易受惊;
外面你的大地醒着呼吸着,
他们倒是存在却不再知道。

那里的孩子成长在窗边阶梯旁,
阶梯总是在同一片阴影里,
他们不知道,外面鲜花在召唤:
快来呀,这里有欢乐,清风和旷远,
他们怎么也长不大,可怜的孩子。

那里的少女为陌生人绽放,
她们怀念童年的宁静,
从前渴望的,如梦幻泡影,
于是颤抖着又闭合自己。
她们只有,在阴暗的后屋里,
伤心失望做母亲的日子,
长夜里听天由命的呻吟,
寒冷的岁月,没有力量去抗争。
一片昏暗,垂死者的床铺,
她们慢慢想要躺到那上面;
久久地死去,像缠着锁链死去,
像一个乞丐命归黄泉。

*

那里的人们活着,苍白如白花开放,
又死于重病:沉重的世界,令人惊厥。
没有谁看见那副龇裂的怪相,
由一个娇嫩的族类的微笑
扭曲形成,在无名的黑夜。

人们四处奔波,劳苦却备受屈辱,

没有勇气侍奉无意义的物,
身上的衣裳渐渐枯萎了,
美丽的手也过早衰老。

人群挤搡他们而不知怜惜,
虽然他们懦弱又犹豫;
只有胆小的狗,无家可归,
有时悄悄跟在他们身后。

百般痛苦注定了他们的结局,
敲击的钟声似一串诅咒,
围着医院孤独地转来转去,
他们等待进去,充满恐惧。

那里是死亡。不是那个,它的问候
童年时奇妙地轻轻触摸,
那小小的死亡,如那时的感受;
他们自己的死亡还悬着,还青涩,
像他们体内的果实不会成熟。

*

主啊,请把自己的死亡赐给每个人。

这个死去出自那个有过爱,
有过意义和痛苦的生命。

*

因为我们只是树皮和叶片。
那巨大的死亡,人人包含,
才是果实,万物围绕它旋转。

为了它,少女们踏上旅程,
结伴而来,一如树从琉特琴走出,
男孩为它想变成男人;
熟悉成长者的女人
也熟悉谁也驱不散的恐惧。
因它的缘故那直观之物
永驻,哪怕早已逝去;
谁曾经构筑和建造,谁变成
环绕它的世界,霜冻,下露,
把它照耀,把它吹拂。
心的温暖和脑的白焰
早已将这果实渗透:
但你的天使像鸟群盘旋,

谎称一切果实皆青绿。

*

主啊,我们比穷兽更穷困,
因为我们还没有死掉,
兽类虽盲目,却止于自己的死。
把**那人**赐给我们,他知道
怎样把生命扶上攀援的架子,
在那里五月更早开始。

因为死去已变得沉重而陌生,
缘由何在?它不是我们的死;
一个死最终掳走我们,
只因我们没有使死亡成熟;
于是有一场风暴抹去众人。

年复一年<u>立</u>在你的园子里,
我们是树,欲结出甜蜜的死;
但我们老朽于收获的日子,
如同被你打击的石女,
我们锁闭了,无奈结不出果实。

抑或我这么自负没有道理:
树木更好? 我们不过是
浪荡女人的怀腹和生殖器?
我们跟永恒勾搭调情,
可是等到临产的日子,
却分娩我们的死亡之死婴;
那无比痛苦的畸形胎儿,
(仿佛可怕之物令他震惊)
他用手捂住未成形的眼睛,
突出的前额上隐约可见
对一切未受之苦的恐惧;
人人的终结无异于妓女,
死于剖腹产, 临盆的痉挛。

*

主啊, 使一个人伟大, 使他神奇,
造一个美丽的怀腹为他的生命,
再做一个阴部好似一道门
在蓬蓬柔毛的金色树丛里,
透过不可言说者的肢体
宠爱这骑士, 胜过白色的天国众军,

胜过正在聚集的千万精子。

恩赐一个黑夜吧,好让此人承接
尚未坠入人的深渊的一切;
恩赐一个黑夜:那里万物绽放,
让它们比丁香更芳芬,
比你那双风的翅膀更能翱翔,
比约沙法更喜庆欢腾。

请给他时间长久地承担,
使他宽广,衣衫也变宽,
赐予他一颗星子的孤独,
以免惊骇的眼睛为他恸哭,
当他的面容憔悴不堪。

更新他吧,以纯净的食物,
以露水,以未被杀死的审判,
以那个生命,呼吸般温暖,
祈祷般轻悄,在田野破土而出。

让他回忆起他的童年:
神奇的经历,浑然不觉,

充满预感的起始岁月
那无限幽暗的传说之环。

就是说,叫他等待他的时辰,
直到他分娩死亡,那位主:
像一个大花园,喧腾而孤独,
由许多往昔汇聚而成。

*

且让最后的征兆在我们身上发生,
显现吧,戴着你那强力的王冠,
此时此刻(在所有妇人的阵痛后)
将人的庄重的母亲赐予我们。
你,强大的满足,切莫成全
那个梦,那女人想分娩上帝,
那重大的:分娩死亡者,把他扶起,
带我们穿过将谋害他的那一双双手,
把我们引到他的身前。
因为你瞧,我看见了他的仇敌,
他们更甚于时间中的欺骗;
他将复活于欢笑者的国度,

名叫梦者:因为一个醒者
始终是沉醉中的梦者。

但你要让他扎根于你的恩赐,
把他种植在你古老的光芒里;
让我做这个约柜的舞者吧,
让我做新的弥赛亚之嘴,
为他鸣响,为他施洗。

*

我愿赞颂他。像一支大军
号角齐鸣,我愿高声呼喊。
我的血要咆哮盖过海浪,
我的言语要甜美,讨人喜欢,
但不能像酒使人晕旋。

在春天的夜晚,要是没有
许多人留下,围在我的床前,
我就要开花,伴着我的乐曲,
轻悄似北方的四月,
来迟了,牵挂每片花瓣。

因为我的声音已朝着两面生长，
变成呼喊和阵阵芳香：
一面要为远方的那位筹谋，
另一面须是预感、天使、幸福，
全都出自我的孤独。

＊

请指令两个声音都将我陪伴，
你若又把我撒入城市和恐惧。
我要带着它们忍受时代的愤怒，
用我的乐章给你铺一张床，
在你需要的每个地方。

＊

那些大都市不真实；它们欺骗
白天、黑夜、孩童和鸟兽；
它们的沉默也撒谎，它们撒谎
用喧嚣和那些顺从的物。

远方真实的事件不断发生——

围绕你,正在形成者,但是没一件
发生在都市。你的风的吹拂
陷入街巷,被迫异样旋转,
风的呼啸转来转去,
被迷惑,被激怒,惴惴不安。

你的风也吹向林荫道和花坛:

*

因为有几座国王营造的花园,
他们偶尔也曾在那里消遣,
还有年轻的夫人,拿鲜花来陪衬
哈哈大笑的怪异喧腾。
他们从不让疲惫的林苑休眠,
悄声细语似微风拂过丛林,
裹着长绒毛和皮毛闪亮耀眼,
晨装的丝绸褶裥窸窸窣窣,
在卵石路上如溪水潺潺。

如今所有花园都随他们凋零——
漫不经心地静静顺应

陌生的春天的响亮音符，
借秋天的火焰，在它们的树枝
编织的巨大烤架上，慢慢焚毁，
那烤架像是用千万个花押字
美观地锻造成黑黑的网状物。

那王宫摄人心魄靠那些花园
（像苍白的天空有朦胧的光），
沉迷于大厅里枯萎沉重的画像，
仿佛已沉入内心的幻境，
顺从于放弃，对节日早已陌生，
沉默又忍耐像一个客人。

*

后来我也见过活着的宫殿，
自鸣得意像那美丽的飞禽，
此鸟叫起来却使人难受。
许多人很富，还想往上升，
但是富人其实并不富。

澄明的绿色平原的布云人

跟你的游牧民族的首领不同，
从前他们赶着朦胧的羊群
走过原野像早晨的天空。
他们扎营露宿，号令声
渐渐消失在新的黑夜里，
仿佛那一刻另一个灵魂
醒来了，在他们漫游的草地：
一匹匹骆驼的昏暗峰峦，
盛装的群山环绕荒原。

牛群的气味紧紧追随
迁移的队伍直到第十日，
温暖又浓厚，也不避开风。
像一座明亮的新婚房子里
葡萄酒整夜流淌不尽：
他们的母驴也献出奶水。

不同于沙漠部落的那些族长——
夜里睡在枯萎的地毯上，
却为他们疼爱的牝马，
把红宝石镶嵌在银梳上。

不同于那些侯爵,他们不在乎
不会发明香味的黄金,
他们一生骄傲,只钟情
龙涎香、檀香木和巴旦杏油。

不同于东方那位白发君主,
他的王国被授予神的权力;
但是他趴在地上,面色憔悴,
衰老的额头贴着脚底的瓷砖,
他哭泣,因为一切乐园
竟无一个时辰归他所有。

不同于古老商港的那些大亨,
只关心怎样以无与伦比的绘画
超过他们的真实情境,
再以时间超过他们的绘画;
裹着金灿灿的大氅,像一张纸
他们在市区卷成一团,
用斑白的太阳穴悄悄呼吸……

恰恰是富人曾经迫使生命
无限宽广,浓厚又温暖。

但富人的日子已经过去,
没有谁会要求过去的复返,
我只求你让穷人最终又穷苦。

*

穷人并不穷。他们只是不富,
没有世界,没有意志;
被打上最后的恐惧标记,
穷人处处凋零,已被歪曲。

都市的尘埃纷纷撒向穷人,
一切污秽粘满他们的肉身。
他们像一床天花被,声名狼藉,
像骷髅,像被抛弃的碎片,
像一本时光流尽的日历;
然而,若你的地球遇上劫难:
它会把他们串成玫瑰项链,
像一个护身符戴在胸前。

因为他们纯粹更甚于宝石,
像那只刚刚生下的盲兽,

无比单纯,无限属于你,
别无所求,只有一个念头:

他们多真实,就让他们多贫穷。

*

因为贫穷是发自内心的巨大光焰……

*

你是穷人,没有钱的人,
你是不得其所的石头,
你是被抛弃的麻风病人,
摇着拨浪鼓在城郊游走。

没有什么属于你,像属风的那么少,
荣誉难以遮蔽你的裸露;
孤儿天天穿的破衣服
如一件私产,却更荣耀。

你这么贫穷,像少女怀腹里

胎儿的力气，她不愿舍弃，
却狠狠挤压腹部，只为窒息
她的妊娠的第一次呼吸。

你贫穷：像春雨在这个时节
幸福地洒到城市的房顶上，
又像犯人的一个愿望
锁在囚室，永远没有世界。
像病人换了个姿势躺卧，
也有快乐；像铁轨旁的花朵
穷得可怜，迎着疯狂的风；
像恸哭时掩面的手，这么贫穷……

冻僵的小鸟同你比算得了什么，
一只狗算什么，几天没吃东西，
同你比丧失自己又算什么，
还有鸟兽的悲哀，长久又沉寂，
它们被抓住却又被忘记？

夜间收容所的所有穷人算什么，
同你和你的苦难比较？
他们只是小石头，不是石磨，

但他们毕竟也磨出点面包。

你才是最深底的贫苦人,
藏着脸的叫花子;
你是贫穷之大玫瑰,
金子永恒的变形,
化作金灿灿的阳光。

你是那轻悄的失去故乡的人,
他早已不再步入世界:
它对每个需求都太大太沉重。
你迎着风暴哀嚎。你像座竖琴,
每个弹奏者在琴上碎裂。

*

你呀,你都知道,你广博的见识
源于贫穷,不可估量的贫穷:
你得让穷人不再被葬送,
不再在苦闷中任人践踏。
其他人好像已纷纷逃离;
但是穷人就像一种花,

从根柢立起来,蜜蜂花一般馥郁,
锯齿形花瓣格外娇柔。

*

关注他们吧,你瞧,他们像什么:
他们动起来好像被置于风中,
歇息时像谁把什么握在手心。
他们的目光里:明亮的草原
顷刻间被转暗,如此庄严,
当一场夏天的雨骤然降临。

*

他们如此沉寂;几乎像那些物。
谁把他们请到自己的陋室,
他们就像归来的朋友,
他们失落在卑贱物之中,
渐渐转暗像一件安静的家什。

他们像被遮蔽的宝藏的看守,
时刻保护,却不曾亲眼目睹,

像一只小船被深渊承载,
又像漂晒场上的亚麻布,
已被打开并全然展开。

*

你瞧,他们双脚的一生如何行走:
如兽类的一生,被每一条路
百般盘绕;充满了种种回忆——
石头和雪,轻柔的、青春的、
清凉的草地,风吹过那里。

他们的痛苦源自那巨大的痛苦——
人已解脱,唯余小小的烦恼;
青草的香脂和石头的棱角
是他们的命运,他们爱这两样,
像奔走在你的目光的牧场,
又像手指在琴弦上跳跃。

*

他们的双手像女人的双手,

切合每一种母性;
那双手营造时,小鸟般欢欣,
信任中平静,握住时温暖,
触摸着像一只酒盏。

*

他们的嘴像一尊塑像的嘴——
它从不发声,呼吸和亲吻,
却属于一个逝去的生命,
这生命曾经接受万物——
都被赋予了智慧的造型;
它此时翘起来,仿佛无所不知,
却只是譬喻、物和石头……

*

他们的声音好像从远方传来,
日出之前就已起程,
到过森林,已走了几个星期,
曾在睡梦中向但以理询问,
见过大海,此时谈起大海。

*

当他们睡眠时,他们仿佛
归还给悄悄借出他们的万物,
像饥荒时的面包,远远分发给
一个个午夜和朝霞万道,
又像一阵丰沛的大雨
落入一片幽暗中年轻的丰饶。

然后他们的名字没有一个疤痕
留在他们的肉身上,这肉身躺下,
像那粒种子的种子准备萌芽,
而你将由此诞生且源于永恒。

*

你瞧:他们的肉身像一个新郎,
躺卧并流逝如一条小溪,
活得这么美像一个美的物体,
这么神奇又这么激奋。
肉身的枯瘦中积聚着惊慌

和软弱,出自许多女人;
但它的生殖器强大如一条龙,
沉睡并等待,在阴部的峡谷中。

*

因为你看吧:他们将生存并繁衍,
再也不会被时间征服,
他们将生长像树林的浆果,
饱含甜蜜,覆盖泥土。

因为有福了,那些从未离去的,
在雨中静静伫立,没有房顶,
所有的收获将迎接他们,
他们的果实饱满又丰盛。

他们将延续,超过每一个尽头,
超过诸多王国,已失去意义,
他们终将,像歇够了的双手,
振奋起来,当所有民族,
所有阶层双手疲惫不已。

*

你得让他们摆脱城市的罪戾,
那里全都是愤怒和混乱,
他们在嘈杂喧哗的日子里
随伤痛的耐心慢慢枯干。

难道地球就没有给他们的空间?
风寻找谁呢?谁啜饮溪流的清澈?
池塘深沉的岸梦中再难寻
不受门和门槛限制的倒影?
他们就只需要一小块地盘,
在那里像棵树他们拥有一切。

*

穷人的家好像圣坛的圣物匣,
那永恒之物在匣中转化为粮食,
当傍晚来临时,它就会悄悄
转一个广大的圈回归自己,
慢慢进入自身,余音缭绕。

穷人的家好像圣坛的圣物匣。

穷人的家好像孩童那只手。
它不取大人渴求的玩意；
只取甲壳虫，螯上有装饰，
圆圆的卵石，顺着溪流漫游，
流过的沙，响过的贝壳；
它像架天平在那里悬着，
久久摇晃，以秤盘的位置
显示最最轻微的接受。

穷人的家好像孩童那只手。

穷人的家像土坷垃一般：
一个未来的晶体的碎片，
衰亡消逝中时暗时明；
穷得像马厩里温暖的贫穷，
但是有傍晚：这贫穷就是一切，
一切星辰都从它启程。

*

但城市只想占有您的造物，

把一切拽入它们的进程,
砸碎动物如空心的木头,
燃烧并耗尽各族子民。

城市的民众服文化之役,
完全失去了规矩和平衡,
他们的蜗牛爬行被称作进步,
汽车比马车更快地行驶,
他们自以为是,闪亮像妓女,
用金属和玻璃制造刺耳的噪声。

似乎天天有骗局愚弄他们,
他们再也不能是他们自己;
繁殖的金钱无所不能,
强大如东风,他们这么渺小,
身不由己,只等着一切毒剂——
动物和人的汁液,还有酒精
刺激他们,去做短暂的营生。

*

你的穷人深受这些痛苦,

看见的一切使他们沉重,
像发着高烧他们又热又冻,
从每所住宅赶出来,在夜里
像异样的死人四处转悠;
所有的脏水都朝他们泼去,
阳光里的腐烂物被人唾弃,
总是被呵斥:被妓女的脂粉,
被每个意外,被汽车和路灯。

要是有张嘴能保佑他们,
就让它张开吧,让它吭声。

*

哦,那人在哪里,当初他变得如此强大:
抛弃财物和时间,归于伟大的穷困,
于是在集市他把寒衣脱下,
赤身来承袭主教的衣冠。
万民中他情最深爱也最深,
他来过并活过像一段年轻岁月;
他就是你的夜莺的棕色兄弟,
他心中对尘世有一种惊奇,

一种满足和一种狂喜。

因为他迥异于那些人:越来越疲惫,
失去了欢乐只剩下伤悲;
他曾经伴着小花像伴着小弟弟
走过草地并娓娓絮语。
他讲述他自己,怎样使用自己,
鸟兽花木都听得很欢喜;
他那颗明亮的心永不终止,
不会被任何卑贱物玷污。

他从光明走向更深邃的光明,
修道小室充满欢欣。
他的脸上微笑在生长,
拥有自己的童年和故事,
渐渐成熟像一段少女的时光。

当他歌唱之时,就连昨天
和遗忘的往事也回到眼前;
鸟巢里顿时变得寂静,
只有那些修女的心在呼喊,
他像一位新郎抚摸她们。

随后他的颂歌的花粉
却悄悄逸出他红红的嘴,
在梦中飘向那些深情的花枝,
落到纷纷绽开的花冠上,
再慢慢沉入一个个花心。

花儿承纳他,以自己的身子,
他是花之魂,完美无缺。
花儿的眼睛闭合如玫瑰,
花儿的茸毛里满是爱之夜。

大大小小的物都将他承纳。
基路伯化作蝴蝶,异常美丽,
飞来看望许多鸟兽,
又告诉它们,小夫人捎来果实:
因为万物都已认出他,
还拥有源自他的丰富。

当他死去之时,轻若无名,
他被分发了:他的种子流淌
在小溪里,在树林中歌唱,
从花丛中静静将他打量。

他躺卧并歌唱。那时修女们
赶来并恸哭,围着亲爱的新郎。

*

哦,这澄明者去了何方,他一路震鸣?
守候的穷人怎么觉得这亲人,
这欢庆之人还没从远方到来?

他怎么还不升入穷人的暮霭——
贫穷之伟大昏星。

译后记

《旗手克里斯托夫·里尔克的爱与死之歌》（作于1899年）是里尔克的成名作，也是他早期最负盛名的诗篇。狂热的激情和缠绵的曲调营造出一种凄美的氛围，感伤、华丽、神秘，博得一代代读者特别是青少年的喜爱。这部作品居然总共售出了上百万册。但是，里尔克本人对此不以为然，他后来对朋友说，但愿可以把这些书通通烧掉。也许是他觉得，这玩意很肤浅，华而不实，颇有"为赋新词强说愁"的味道吧。在我看来，里尔克早期最拿得出手的作品确实是这本《时祷书》。两次俄罗斯之行和巴黎的经历使诗人对人生、对世界有了新的认识和体验。尤其凭藉转向并深入宗教，他的思变得深沉了，他的诗也渐渐充实和厚重了。

诗集的第一卷《修士的生活》（1899年）直接产生于里尔克首次俄罗斯之行。俄罗斯给他留下了终生难忘的印象，如他所言："西方在文艺复兴中，在宗教改革中，在诸多革命和王国中，就像在短短的一瞬间便舒展开来……而在西方旁边，在留里克的王国，泰初第一日还在延续，上帝的日子，创世的日子。"他感受最深的是，俄罗斯人，尤其下层和农奴，那么谦卑，那么虔诚，在他看来，这二者便可构成一种真实的人生，这也正是他所渴求的"寂静的生命"。诗集中不断出现的形形色色的"物"，动物、植物、石头等等，无疑便是这种真实之典范。就此而言，《时祷书》已经为后来的"物诗"创作打下了坚实的思想基础。"真实地存在"于是成为他的座右铭，而且将贯穿整个中期创作阶段，他好像终于为自己找到了"一种新的、诗意的人生规划和世界规划"。因此不难理解，第一卷的基调为何比较自信、沉稳、静穆。

在《时祷书》中，诗人化身为一个俄罗斯东正教修士，他吟诵的一首首诗就成了一次次祷告，而贯穿全书的一条主线当然是虔诚。第二卷《朝圣》（1901年）生动地刻画了途中的一些艰辛的场景，相当具体，虔敬的姿态中夹杂着感悟，神灵偶尔显现，这些自然也影射了里尔克的心路历程。漫长的朝圣之路"从绝望通向拯救"，这无疑是一条"寻找上帝"之路，崎岖不平而且歧路繁多。毋庸讳言，里尔克在书中很多地方确实表现出犹豫、迷惘和怀疑，对基督教的某些内容、教条和教义提出质疑甚至加以否定，有时还给人以亵渎神灵的感觉。诸此种种，其实再正常不过了，或者说这也是欧洲文化的一个传统。尼采曾经宣告"上帝死了"。诺瓦利斯也早就在一部断片集中写道：《圣经》里面充满糟粕。这不足为奇，从古代一直到近代，为了使不识字的民众信仰上帝，当然不能给他们讲大道理，不能以抽象的理论和神学来解释和引导，而是只能讲故事打比方，用生活中浅显的例子来比喻深奥的教义。西谚说得好：任何比喻都是瘸脚的，所以难免产生许多歧义、歪曲甚至谬误。

在探索的过程中，里尔克脑子里时常冒出一些奇思异想，或可称作假说之类。譬如他认为：上帝其实是人为自己创造出来的。在一首诗中他以建造教堂来隐喻人造上帝：

> 我们用颤抖的双手营造你，
> 我们把原子堆砌到原子上。
> 但是谁能完成你，
> 你，大教堂。

据说上帝按自己的形象造出了亚当，人类倒也不妨按自己最渴望达到的理想形象（完美、永恒、无限等等）造一个上帝出来，好让他引领自己永无止境地向上攀升，似乎这也不无道理。再如，里尔克对孤独情有独钟，一方面固然是艺术创作的需要，另一方面，孤独却也想必构成了信仰的必要条件，对此诗人明确表示："上帝，你不在团体之中。"

宗教、爱情、革命都充满激情和献身精神，有时候还真是难以分辨。试读《朝圣》中的一首诗：扑灭我的双眼吧：我能看见你，/堵塞我的耳朵：我能听见你，/……/纵然你在我脑子里放一把火，/我用我的鲜血驮负你。这段祷告无异于给上帝的一个誓言，哪怕海枯石烂也永不变心，但它本来是写给莎乐美的一首情诗，放在这里倒也契合，而且书中大概不会仅此一例吧。

德国学者曼弗雷德·恩格尔认为，第三卷《贫穷与死亡》（1903年）的主要问题是"探讨现代生命世界的本体论层面的状态"；现代的诸多危机集中体现于都市，而都市具有两大特征："非自然与脱离上帝"。巴黎的经历对里尔克简直像一场噩梦。面对触目惊心的贫穷和死亡，他该如何反应，如何对付，如何将其纳入已经拟定的人生及世界规划呢？——他赞美，哪怕是贫穷和死亡，他也赞美。当然，这给他招来了许多批评和谴责。比如说他歪曲事实，美化并逃避现实等等。但是依我之见，从现实和政治的角度讨论这个问题其实纯属无谓的争论。

以一个诗人的柔弱和多愁善感，里尔克确实无力也无心去解决社会问题，他只能以他的方式来应对。诚然，在他的笔下贫穷被加以诗意的美化，但是他当真试图从品质、从存在的层面来解释并估价贫穷。他走过巴黎的大街小巷，流连于贫民区，久久徘徊，久久地观察并思考。于是在穷人身上，他发掘出真实（富人压根没有的），就像俄罗斯人身上，就像那些物身上的一样。所以里尔克才这样写道："他们多真实，就让他们多贫穷。""因为贫穷是一种发自内心的巨大光焰……"他甚至干脆把上帝称作穷人："你就是穷人""最深底的穷苦人，/藏着脸的叫花子"。在他的心目中，穷人的贫穷可以等同于耶稣诞生时"马厩里那温暖的贫穷"。

据说圣母马利亚生下了耶稣，因此被某些人称作"分娩上帝者"（Gottgebärerin），但里尔克明确表示，这不过是一个"梦"而已，他对此不予接受，而是拿另一个分娩取而代之："那重大的：分娩死亡者，把他扶起，/把我们引到他的身前。"是谁分娩死亡呢？应该是耶稣。这个死亡分量极重，从上下文看似乎可以同上帝相比，那么，这是怎样一个死亡呢？恩格尔将其解释为"自己的死亡"。这是里尔克的一个重要概念。简而言之：每个人都应该有自己作为个体的死亡，它是自然的，不是被迫的，是生命完成之后的一个必不可少的结局，如一枚果实成熟之后的终结；"自己的死亡"加上"寂静的生命"，或可构成一个人完整的此在。恩格尔认为"自己的死亡"和"真实的贫穷"当能带来"改变的希望"。

这种说法自然也不无道理。但是我个人更倾向于：将耶稣所分娩的死亡理解为耶稣被钉死在十字架上，即他为了拯救人类而死，为爱而死。这里又是爱与死，里尔克作品中最深奥最神秘的主题，云遮雾罩，扑朔迷离，从早年起他就在思索，他一直在思索，当然要待到晚期的《杜伊诺哀歌》和《致俄耳甫斯十四行诗》问世之时，他才对这个难解之谜、也对一个诗人的使命做出了交代。

岁月蹉跎，人生倥偬。已多年未捉笔，手中的笔变得沉重了。里尔克的诗绝大多数采用格律体，虽然有时候不是很严格，但基本上还是循规蹈矩的：一般皆有轻重音的搭配即抑扬格之类，每一行的音节数量大致是固定的，而且行行押韵，极少例外。这些要求综合起来，翻译的难度不言而喻，正如闻一多先生所形容的，那是戴着镣铐跳舞。这次翻译时，除了轻重音搭配太难而不予考虑，其他方面则尽量尝试保持诗作之原貌，这样或可保留住一些原来的味道，而这才是最要紧的。我一直认为，就译诗的标准而言，卞之琳先生提出的"全面的信"最为中肯。就是说翻译诗歌时，不仅内容上，而且形式上都必须忠实于原作，这样才能还原出作品的语言特点和艺术风格，再现本文的文体。当然，做起来极其困难，在翻译的过程中，我便常常感到力不从心，有些译文难免显得生硬滞重。至于效果到底怎样，只好让读者、让时间来裁决了。

二〇二三年十月
于丽江清溪西